可惜，葆拉

西西 著

何福仁 編

中華書局

目錄

假如有諾貝爾美術獎

諾貝爾獎每年頒獎給文學家科學家
所以詩人小說家醫生物理化學博士他們就熱鬧了
但畫家雕刻家們呢
莫迪里安尼如果得到獎金的支持
就不會又凍又餓因肺病而早死
而中國並不是只有楊振寧李政道
我們有齊白石林風眠
假如有諾貝爾美術獎
畫家和雕刻家就不會太寂寞
不過誰知道美術獎有時會不會又叫人失望

譬如說塞尚梵高竟也會得不到獎
就像文學上的普魯斯特喬易斯卡夫卡
如果諾貝爾獎要頒一項美術獎
你的選擇怎麼樣呢

莫迪里安尼與諾貝爾

畢加索的故事

一、戰爭販子的傑作

西班牙的佛朗哥死了。畢加索眼中的佛朗哥是個怎樣的人物呢？他在一輯由十八幅連環圖組成的蝕刻裏畫了出來。畫是用超現實的風格表現的，各幅次序並無連貫性。我們只看見佛朗哥是個像棵仙人掌似的怪物，有時如唐吉訶德騎着馬，有時如馬戲班藝員走鋼索，有時披薄紗持着花和扇如馬德里的貴婦，有時又如鬥牛勇士被牛撞個正着。

有一幅畫裏，佛朗哥還騎着一頭豬。又有一幅畫裏，佛朗哥變了一匹馬，被牛打敗了。不過，意思最明顯的是第一幅，佛朗哥正拿着鋤在毀壞一座美麗的古典雕像，這不正說明，此人是在扼殺藝術。

這輯蝕刻是畢加索較罕見的連環圖，而且，還是著名的《格爾尼卡》（*Guernia*）的序曲。最末的幾幅蝕刻，繪畫一九三七年四月二十六日西班牙格爾尼卡一城被炸，後來就重現在宏大的油畫《格爾尼卡》中。殺害平民，是西班牙內戰，由佛朗哥策劃，由納粹德軍和法西斯聯盟做的好事。當年，畢加索一直在巴黎，《格爾尼卡》就在頹垣敗瓦裏誕生。

《格爾尼卡》是傑作中的傑作，呈現戰爭的殘酷。不過受害的，怎麼止於格爾尼卡的平民呢，所有戰爭，最大的受害者，總是平民百姓。當年的法國，已淪陷希特拉之手，畢加索被禁止展覽，並且受嚴格監視，經常突擊檢查他的畫室。據說，有一次，蓋世太保到來，見桌上有一幀《格爾尼卡》的照片，問：「這是你的作品嗎？」

「不。」畢加索答：「這是你們的傑作。」

二、鴿子臉、貓頭鷹臉

用紙和剪刀，可以做許多不同類型的手藝。畢加索做過剪紙的鴿子。不過是簡單的幾剪，鴿子的形狀顯出來了，效果最強烈的還是那些羽毛的感覺。畢加索在鴿子身上畫了一張臉，所以這作品的名字就叫《鴿子臉》。

也看見過幾幅圖片，原來是當年畢加索正在做一件有趣的怪物。那時候，他做的是《貓頭鷹臉的畢加索》。他找來自己的一幀大相片，又找來一張白紙。在紙上剪兩個洞，把紙貼在相片上，洞裏剛好露出眼睛來。最後，在白紙上畫了一個貓頭鷹頭，不過幾分鐘，一件新奇的面具就完成了。這幅拼貼畫，後來就是《再見畢加索》紀念集的封面，那本書，是名攝影師大衛．德格拉斯．鄧肯（David Douglas Duncan）特別為畢加索攝影的專集。畢加索很了不起，可以畫大大的畫、做雕塑、製陶，又可以不停做些簡單，而又從來沒有人想得出來的奇異手藝，可惜還沒有人去替他把那些即興的作品出一部專門書。如果你也喜歡做手工，何不也做一個這樣的面具呢，把自己的相片放大，或者找來美亞．花露、奇連．伊士活的大圖片，就用白紙剪個洞貼好，露出眼睛，再畫上鼻子、嘴巴。當然，你可以隨意畫自己喜歡的動物。

畢加索設計的海報，線條都是很簡單的，他說：我的兒子會做得更好呢。除了線條，畢加索用的顏色也很淡薄稀疏，不過是那麼抹幾團，尤其是那些關於陶塑的海報，幾乎只有一至兩種顏色。

畢加索的海報，多半是替自己的畫展、陶展設計的。此外，就是有關鬥牛與和平。陶展的海報上，他喜歡繪瓶、缽、壺、碟子、貓頭鷹。鬥牛的海報上有牛、鬥牛勇士和觀眾。至於和平的題材，就是著名的鴿子和花了。

三、走進畫裏

大家都在埋頭工作，他叫他過去，而他不肯。並且說：「你要有穆罕默德的量度，如果山不來遷就你，你來遷就山吧。」大家都笑了。

這使我想起有關一張畫的故事。畫畫的人替模特兒畫肖像，畫得不像，還要模特兒變成這張畫裏的面貌。

這張畫就是畢加索替葛楚德．史坦（Gertrude Stein）畫的肖像。葛楚德．史坦就是對海明威說「你們都是失落的一代」的女子。那時候，史坦住在巴黎，畢加索常到她的寓所，喝喝茶、聊聊天。有一天，大概是興之所至吧，畢加索為史坦畫一張肖像，他坐在靠椅上，貼近畫布，搽上一層又一層的棕色，一直畫了七、八十張，畢加索把史坦臉部的輪廓和顏色都畫出來，但他頹然地對史坦說：「我看着你的時候卻看不見你。」他把草稿束之高閣。

直至畢加索再從西班牙回到巴黎，把這張畫找了出來重新上色填補，這次畫的時候，沒有見過史坦。肖像完成後，許多人看過了都說：「史坦不是這個樣子。」畢加索卻滿懷信心地說：「沒有關係，她將來會是這個樣子的。」傳說後來的史坦女士果然愈來愈像畫中人的面貌。這一次，畢加索沒有去遷就山，是山來順從他的才氣。

藝術家的自信有他可愛的地方。固執的表現，是表示他對自己的作品懷抱着堅定的信心。這樣自負的脾氣，在人事方面會吃虧的，但在創作的天地裏，卻可以無限制地流露出來。

四、最後的青年畫家

阿維儂的「教皇之宮」是一座古老的教堂。法國為了紀念畢加索，特地把它闢為「畢加索美術館」。教堂裏面的磚牆上，高高低低地懸掛着畢加索最後的二百零一幅作品，美術館在畢氏逝世六周後正式開幕。

上月三十一日夜間，該館被竊去一百一十九幅畫，所剩無幾了吧。讓畫掛在牆上，大家都能去參觀，不是比個人收藏起來更好麼？

被竊的作品中，有一幅名為《青年畫家》。這幅作品在阿維儂展時被選為海報畫。粗略看來，畫中的人物不過是一名青年畫家，但據畢加索的朋友來看，則認為是畢加索自己最後的一幅自畫像，以傳統的對鏡寫生繪成，所以是左手執筆；大的闊邊帽和斗篷，都有象徵意義。而那執着畫筆的手，顯然不是在作畫，而是在那裏輕輕地擺動：再見了。

畢加索《格爾尼卡》

畢加索《史坦肖像》

《佛朗哥的夢與謊言》

中國民間工藝

一、看中國民間工藝展

每次上藝術館、博物館去逛，就對自己說：又是去看那些可望而不可即的古董了。一個明代的花瓶，一卷八十七個神仙的畫，和我們實在隔着一段好遠的距離，而且，藝術這傢伙簡直是一名貴族。

在「中國民間工藝」展覽場，感覺忽然不一樣了。看那牆上的一隻孩子踩風火輪的風箏，書坊舖裏不是才三元錢一隻麼？還有那隻大牌檔吃潮州粥時端上來的畫着芭蕉葉大公雞的闊口碗，缸瓦舖裏多的是，每碗五毛正。還有，門神、竹凳、瓜刨、金魚花燈，都是街頭巷尾找得着的東西，甚至面譜的剪紙，自己的抽屜裏也有一套。這展覽真是親切得很。

早幾個星期就得到消息，說是藝術館會有一次工藝品展，當時大家都極興奮，但又不禁要問，展些甚麼呀，花梨木的古玩、檀香扇子麼？站在大會堂高座藝術館，才曉得沒有金鎖片、玉鐲子。我們當然喜歡景泰藍、青瓷、唐三彩，但那些珍貴華麗的國寶，還是好好留在博物院的好。這次的「中國民間工藝」展覽的選擇是對的，展出一些我們日常可以接觸的普通工藝品，就展覽布、竹、陶、紙、魚碟、竹籃、餅模、年畫這些。我們同時很欣賞藝術館能夠堅持一己的原則「為了保護野生動物的生命的觀念」，所以沒有展出象牙雕刻。

我們都喜歡藝術館這次民間工藝展，他們的會場設計是用竹枝來間隔展覽角，配合展品的調子，煞費心思。但是，我們覺得藝術館其實還可以展出更多其他的工藝品，比方說，木雕方面，除了餅模、糕印，還可以展出木魚和木屐這些。記得早許多年，本港的市民，幾乎每人都穿雙木屐、極熱鬧地在大街上走。木屐上塗了彩色，繪上花鳥蟲魚，這麼美麗的工藝品，忽然都失蹤了。

遺憾的是，這次的展覽並沒有布老虎、泥人、捏麵粉公仔、鵝毛毽子等，據藝術館解釋，是因為場地有限，未能展出更多的中國工藝品。此次展期為兩月，如能在一月後轉換展品，展出藤、泥等工藝品，也是一個辦法。我們希望，以後能多些舉辦這類民藝展，展出更多的種類，並且邀請本地的民藝工作者參與，這其實才是工藝展的目的，讓我們觀摩別人的作品，同時鼓勵自己的創作。

這次工藝展，附有問答比賽，當然可以吸引更多的學生，不過，我們認為，除了問答亦可以舉辦其他的比賽，比如：剪紙、風箏、花燈設計、竹刻、編織、版畫、陶工，使展覽的意義更充實。也許，正是透過他們，「能將一些瀕於毀滅的工藝美術再次復興」。

二、公雞和母雞

中國民間的藝人對於雞隻這種家禽是鍾愛的，不然便不會看到這麼多不同種類的工藝出現了。「雞」的諧音近似「吉」，「大雞」就象徵「大吉」。它有的是印在年畫上，有的是繪在瓷器上，還有用陶燒成的公雞和母雞。雞都有自己的性格。

在年畫上看到一隻鎮宅的雞王，印刷得很精緻，它的嘴咬着一隻好像是蚱蜢的昆蟲，這是象徵它正在為主人除害。它的尾部和頸部有幾朵不同季節的花，可能是象徵四季吧。這隻雞的四面被雕花的硬邊圍着，這些硬邊好像是屋子的骨格，而這隻鎮宅就住在屋內保護這所屋子。紫色、綠色、紅色的羽毛，是那麼的有光彩和神氣。

繪在瓷器上的卻是那麼衣冠不整，橙色的身體，黑色的尾巴，沒有像年畫上的那麼細緻，只用了寥寥幾筆繪成，在它四周的花草也是繪得很粗糙，但在整體來說卻有它本身的味道。

還有兩隻公和母也有橙色的身體、黑橙相間的尾巴，它們看來是那麼可憐和氣的一對夫婦。它們的胖胖的身體，好像是吃得太飽的樣子。

還有《水滸傳》裏時遷偷的那隻雞，我自己做的，原來是公雞。我們叫時遷的花名是「偷雞」，其實應該是「鼓上蚤」才對，例如明朝杜堇繪畫的《水滸人物圖譜》，就沒有畫公雞。

三、藍印花布

《漢書．高帝紀》下卷裏面記載説：「賈人毋得衣錦繡綺縠絺紵罽。」即是説，商人不許穿宮廷用的名貴衣料，錦、繡、綺等都是華艷富麗的絲織品。紵，麻布；罽，是毛織品。普通人穿甚麼呢，穿羅穿紈。

五四時代的人，普遍穿一種素色的藍布，叫陰丹士林。在農村，常用的土布是美麗的藍印花布。倘有人要進城，揹起一個包袱，那包袱布就是藍印花布了。如今在一些電影裏，我們還可以看到門帘、圍裙、頭巾，也是。

藍印花布和其他的民間工藝品一般，漸漸在消隱。我們偶然在一些專門店裏可發現它的蹤跡，卻是身價百倍，像古董。那麼鄉土味、樸素稚拙的藍印花布，和華麗的緙絲刺繡放在一起，漢高祖見了，一定要把頭都搖下來了吧。

拼命三郎石秀
鼓上蚤時遷

《水滸人物圖譜》不見時遷偷的雞

公雞與黃飛熊

藍印花布

印度民間藝術——灑在地上的米粉

早上很早，太陽還沒有出來，在印度這是一個感恩的節日，一個小女孩已經站在院子裏了。剛才她洗過了澡，換上舒服清潔的衣服，頭上插着花朵。現在，她的右手握着一把米粉，緩緩地伸開一兩根手指，讓粉末從指間落在泥地上。這些粉，落在地上成為一條一條白白的線。然後變成圖畫。小女孩一面灑粉，一面想着各種的圖畫。畫一朵蓮花、魚、芒果、小河、一盞燈、旋轉的木馬，或者是一些母親告訴她的圖案。

如果你指着一些奇異的圖案問她：這些是甚麼呀？她是不知道的。她只知道母親在她五歲的時候，就教她用米粉、穀粒、小石子或彩色的漿糊灑在地上畫畫。現在，她不過是十歲吧了。

她記得母親説過：把米粉、穀粒灑在地上，螞蟻、小鳥、松鼠就不會沒有東西吃了。這樣做，女神會高興的，當女神高興了，她就會降福家人，並且保佑小孩子長得健康活潑。

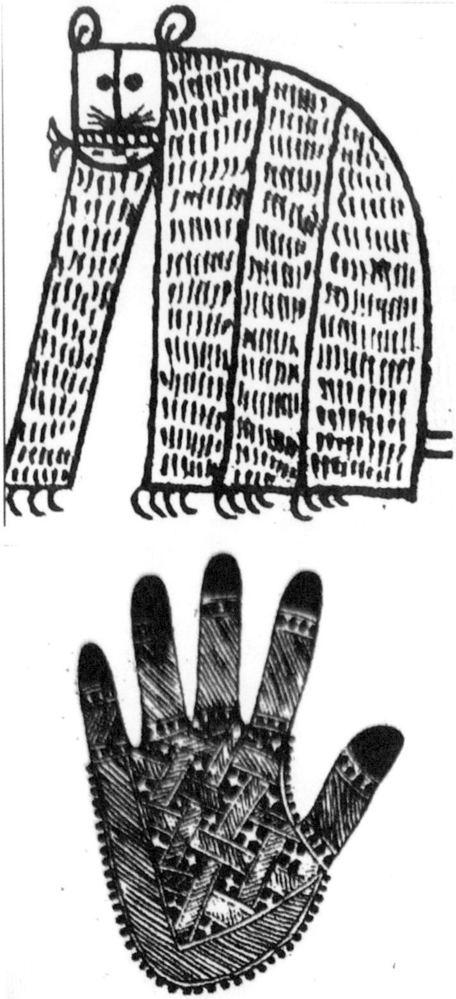

印度民間繪畫

陶器、木雕和面具

新畿內亞（New Guinea）是一個海島，形狀像一頭飛行的漁鳥，位於澳洲的北部、我國的東南，在太平洋上。新畿內亞北部，有一條河，名為沙壁克河，土生在那裏的人，有漁夫、有牧人，也有獵頭族。近海河的漁夫捕魚為生，游牧的人則養豬牛。他們的糧食有一部分是依靠從棕櫚樹上取下來的澱粉質；為了儲藏這些糧食，他們做了陶器。

希臘的水瓶有單耳或雙耳，花紋集中在瓶身肥胖的部分，繪的都是一幅幅連續的圖畫，或簡單的圖案。沙壁克河流域的陶瓶不是這樣的，那些瓶沒有大的耳，最特別的地方是圖樣都集中畫在瓶口，有明艷的顏色，造型有趣，看來好像那些瓶是一些奇異的良善動物。

他們要儲藏食物，所以做了陶器；要掛一些東西，所以做了掛鉤。掛鉤都是木的，有的是雙頭鉤，有的是四頭鉤。即使是一個普通的掛鉤，他們也做得很用心，在上面雕出各種圖樣，他們喜歡雕人的臉，那些臉，如果不是扁而闊如大圓餅，就是很長很長，好像一個盾。

站出來講話的人有一張特別的矮凳可以坐，那些凳子上一定刻着一個木頭人，演講的人如果要強調他的說話很重要，或者要誇張一個細節，就會用手中拿着的棕櫚葉狠狠地擊打凳上的木刻，這是他們的風俗。

他們做了很多面具，是要來掛在屋上而不是戴在臉上，也許這些面具是他們的八卦和鏡子，能夠保護自己。那些面具，除了模樣很奇怪之外，上面還有不少罕見的裝飾品，比如說：貝殼、頭髮、藤絲、棕葉或獸牙。他們用貝殼嵌滿額前和下巴，使面具好像長了許多鬍子。他們又用貝殼來做眼睛。用鮑貝鑲的眼睛，使面具好像在打瞌睡，雙眼瞇成了一道縫。至於用螺殼鑲的眼睛，滿是圓圈，好像面具患了很深的近視。此外，他們把真人的頭髮一搓，成了一條條細的繩子，掛在面具上。在耳和鼻子上，他們會穿上野豬的長牙；有時候，頭上頸上還綴滿了藤絲和棕樹的葉。

從這些陶器、木雕和面具來看，我們知道，這是一個瀕海而居的民族，他們的生活，有歌和歡樂，也有風雨和波濤，在他們的頭上，是濃蔭的樹和奇異的神。他們的工藝，到了畢加索手中，成為了藝術。

沙壁克河流域住民製作的面具

聖誕的話題

一、謎

聖誕節又來了。抬頭看天，星的閃爍令我們詫異。宇宙是一個謎。外太空有人來探訪過我們嗎？神的存在，一如茫茫的星空，有待探索。亨利·摩爾創作過許多聖母與聖嬰。其中一座，我們可以看到聖母的頭臉剛從石中顯露出來，其他的部分，仍在未知之中。

二千年了，不斷有人把聖母和聖嬰作為繪畫或雕刻的題材，如果聖經只不過是一冊故事書，那些作品卻曾經是一面珍貴的銅鏡，把歷代的藝術面貌以及各地的民族色彩，為我們忠實地紀錄了下來。

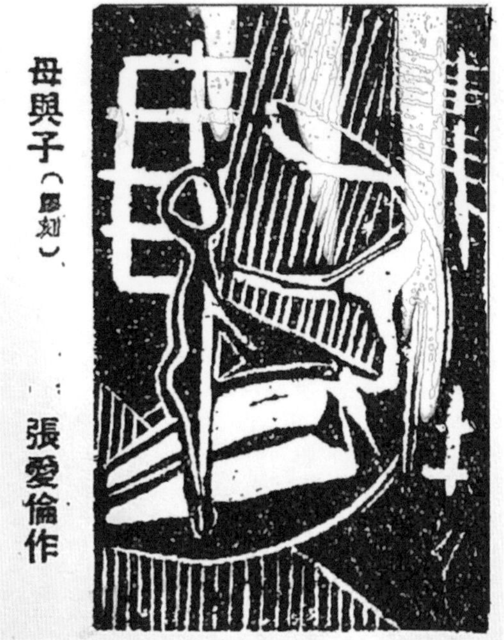

西西作品《母與子》

二、天使

天使的誕生，大概是在上帝創造天地的第五日。上帝創造天地的時候，第一日分混沌光暗，第二、三日分天地，第四日創造日月星辰，第五日創造萬物，第六日造人，第七日休息。聖經上並沒有指明上帝在甚麼時候創造天使，相信是在創造生物的那一天，這時候，天地間已有日月花草和伊甸園。

據中古的神學家認為，天使一共分九級，執掌不同的職務。天使的數目大約有好幾萬，是一支龐大的天兵。米迦勒是天使長。天國中另有一名天使長路西化，但路西化犯了反叛之罪，經過一場天國大戰，被米迦勒逐出樂園；問題可沒有解決，路西化成為撒旦。當時，一共有三分之二的反叛天使一同被驅逐，這是亞當和夏娃生活在伊甸園之前的事情。

一般人心目中的天使，是有雙翼會飛的使者，但聖經中的天使並非一定有兩隻翼，又或者有不止兩隻翼的。天使沙拉弗就有六隻翅膀，位於上帝寶座之上。在歷代的名畫中，我們很少會遇見這一位天使。沙拉弗有六隻翅膀，原來也有不同的用途，兩隻用來遮臉，兩隻用來遮腳，兩隻用來飛翔。

聖經中記載另一位有翼天使是基爾拔，坐在上帝寶座的旁邊。但天使中最著名的卻是加百利，這位天使就是向瑪利亞報訊的使者；在天使之中，這是一位不參戰而傳遞好訊息的天使，每次出現都帶給人們大好的訊息。據稱，加百利的標誌是手持一管銀號。

當天使傳遞信息的時候，他們多半用簡潔而略帶命令式的語言發話，天使大概能說許多種語言，或者會說各種特殊的語言。聖經上曾提過：「你們如果能說萬國的方言，並天使的言語，卻沒有愛，就成了鳴的鑼，響的鈸。」但聖經沒有指出是哪一類語言。同時，聖經也沒有說天使都會唱歌。天使能夠演奏樂器，加百利只是其中一個例子。

在許多的名畫中，天使都被繪得非常美麗典雅，而且女性化。據記載，天使是沒有性別的，所以天使們不會繁殖，數目不會增加；他們也不會誕生和死亡，沒有年齡。聖經上說：人們到了天國，就會和天使一般，過天使的生活。

畫中的天使大多是等人身高的，據記載，天使比人類高大一點。事實上，他們並沒有肉身，只有降臨世上來擔任職務時才顯現一個人類看得懂的形象。他們可以自由往來，到處出現，不過，在喬多的一幅《天使報訊》中，一名天使並沒有忽然在室內出現，而要從窗口中飛入，像聖誕老人入屋派禮物，那麼肥胖的身軀，要通過煙囪。通常，天使身穿白衣，赤足。據記載，天使的食物是嗎哪（Manna）。那是出埃及後猶太人吃的，上帝賜給他們，吃了四十年。

文藝復興時期的畫家，大概沒有一個不畫過天使；最可愛的天使，我以為是拉斐爾繪畫兩個最不像天使的小天使。

三、基督降生

壁上的浮雕是一種很奇異的雕刻，那些人物好像都從牆裏飛出來，但仍有一半隱隱躲藏在石內。如果跑到牆的另一邊去看，卻又甚麼都找不到。

雕刻或畫，和電影一般，可以突破時空的次序，時空不一定走一條直線。意大利十三世紀畢沙諾有那麼一幅的雲行浮雕，把許多聖經裏的場景並列同時出現，所以，在這麼小的一個畫框內，我們同時見到兩個耶穌和兩個瑪利亞。其實，不過是幾個畫面跳接在一起。左上角是天使報訊，圖中間是基督降生，右上角是耶穌睡在馬槽裏。

聖誕，是一個母與子的故事，文藝復興的畫家畫了無數，成為後世母與子的原型，光環在後世沒有了，卻是充滿溫馨的題材。

四、耶穌在民居裏

畫聖母和聖嬰的時候，不一定要老在他們的頭上畫兩團光暈的，也不一定要畫許多天使。法蘭德斯的畫家大衛（Gerard David, 1460-1523）就畫過這樣的一幅畫，他畫的聖母就像許多荷蘭畫家筆下的樸實農村婦人，住在一間普通的民居裏。而她懷中的耶穌，也像任何小鎮的健康活潑的小孩。這種畫法，在近代高更、梵高的畫裏都很常見，但在文藝復興的時代，大衛採用如此「貼地」的角度去描繪聖母和聖嬰，是很例外的一個人。

他畫聖母在給耶穌喝牛奶。桌上有蘋果、麵包。一切都是這麼生活化。耶穌手裏握着的並非黃金、乳香、權杖，或豌豆花，而是一隻木匙。木匠的兒子，不是也很合情合理麼。

五、手挽果籃的耶穌

看到一幅古老的德國版畫，小小的耶穌大概是五歲了。不再睡在馬槽裏，也不是讓母親抱着，而是自己赤着腳在草地上走，手裏挽了一大籃果子。這籃果子，就是握着他的手的聖桃麗妃獻給他的。

十四世紀末年，德國開始有木版印刷。木版畫隨即成為當時的新興藝術。把圖樣描摹在木板上，鏤空了，剩下線條的部分，塗上墨，就可拓印成畫。多數的版畫在拓印後還由畫者自己再加上手繪的各種顏色。

這幅「聖桃麗妃」是陽刻，圖中的樹和玫瑰花顯然是裝飾的安排多於象徵的意

大衛作品中的聖母給
聖嬰喝牛奶

拉斐爾繪畫的小天使

義。聖桃麗妃衣袍上的褶紋，要追溯到希臘雕像的影響。

至於刻得最美的部分，相信還是那隻紋樣縱橫的果籃。

六、睜大了眼睛的瑪利亞

看到一座十世紀的德國民間木的雕像。雕像的身上鋪了金箔，所以整個都變得亮晶晶了。年代愈古老的藝術品愈富稚拙素實的味道，這座雕像正是這樣。但最奇怪的地方卻是雕像的眼睛，那麼黑白分明，有眼沒珠。很少雕像是這樣的，多數雕像的眼睛都彷彿染上一種石盲症。這裏，睜大了眼睛的瑪利亞和小小耶穌的臉顯得非常靈活生趣。被許多布帛包裹的聖母和聖嬰，好像是睡了兩千年剛醒來的樣子，怎麼可能竟會是一塊木頭呢。

七、穿西裝的約瑟

夏加爾是生活在二十世紀的人，所以，他畫的《聖家》裏的人物就不是二千年前的耶穌、瑪利亞和約瑟。他的約瑟是穿西裝的，瑪利亞手上戴着婚戒。他們一起坐在地上。屋內有油燈和時鐘。那幅畫最奇怪的地方是那張搖床，床上怎麼坐了一個小老人，手裏又持着一把鐮刀呢？夏加爾是超現實主義的畫家，在他的畫，我們總會碰見一些奇奇怪怪的物事，來自他故鄉的記憶。

在埃及的畫，重要的人物都被畫得很大，其他的人則相對地小。夏加爾的這幅畫，瑪利亞佔了畫幅的一大半，而約瑟，也許是因為沒有那麼重要，就只有半個了。

八、聖誕節的窗櫥

今年聖誕節的窗美麗嗎？我們就去看了。最明亮的窗當然是銀器店。餅店很暖，那些糖盒、餅砌的屋子和酒瓶，使人忘記寒意。但銀器店，在感覺上，就顯得冷了。一直希望能遇見一兩座設計得非常獨特的窗櫥，然而失望了。今年的聖誕節，窗櫥似乎沒有以往的輝煌，是經濟衰退的影響嗎？

走在大街上，迎面是刺骨的寒風，對於窗的失望，就像對着如此的天色，然而這麼冷，天上落下來的為甚麼仍是雨點，不是雪花。

自己動手做

一、紙面具

做紙面具的材料是很簡單的，只要找來紙和漿糊就可以了。紙可以用一般的紙碟、雪糕杯、新聞紙和顏色紙。漿糊可以自己煮，用水開一些麵粉，放在爐上煮一會，稀薄的漿糊比較好用。

兔子面具可以用硬紙板摺成，用剪刀剪出眼睛和嘴巴，再用書釘釘上耳朵和顏色的鬍子。

小丑面具可以用一隻紙碟做，加上紙摺的鼻子和手繪的眼鏡；紙帽也是用紙碟做，另外剪一條彩色的紙羽毛。

怪物面具可以是一種紙條貼成的雕塑。用一個圓氣球做底，把一條條的新聞紙浸在漿糊裏，貼在氣球上，貼滿大半個氣球，一共貼四層。乾透後，把氣球放去氣，取出來，就有一個圓的硬紙型了。在紙上剪眼睛、嘴巴，再塗上顏色，加上兩條鐵線，穿着兩團紙。這個面具可以整個套在頭上，做的時候，氣球的大小可依頭部的大小來決定。

二、廢襪利用

破了的羊毛襪子，可以拿來做玩具，可以做各種不同的動物。把手伸進襪管，各手指按着鼻尖，大拇指按着下巴，如果手指不斷轉動，自己一面說話唱歌，可以演一場木偶戲。做法：

（一）找一隻羊毛襪，在襪頭剪一道兩吋長的縫，把襪裏反出外面。

（二）找結實的薄絨布，剪出一塊長四吋闊七吋的橢圓形，放在襪頭裂縫處，沿着切口一起縫好，把襪反回正面。

（三）剪些眼睛、耳朵等縫好。粗毛線可以做頭髮，細毛線縫鼻子。舊毛巾、花布做衣服、帽子、鈕扣也可做眼睛。如果有狼齒形剪刀，剪出來的耳朵會更美麗。

平時用來展覽，可在襪頭塞滿棉花、碎布或發泡膠粒，用一枚木條撐着就行。

三、做風箏

城市裏面不可以放風箏。不過，風箏可以掛在牆上，就像有人掛畫，有人掛面具一般。

做風箏的用具很簡單，既然不會放上天的，根本不必理會它的輕重和平衡力。只要找來一張大的白牛皮紙，三條藤枝就可以了。把兩段藤枝的末端紮在一起，成一長橢圓形，再把另外一枝扭彎，頭尾縛緊。兩個圓藤圈十字交疊，相疊處也紮妥。把藤架子放在紙上，留一些紙邊，裁下來，用強力膠把紙邊黏牢藤上，風箏已經做成，在正面畫上鳥的樣子，就是一隻麻鷹風箏了。可以自己作其他形狀的設計。

紙面具

廢襪利用

中國風箏都很有傳統工藝特色，我只想到自己生活不好仍然把做風箏的謀生技術教人的曹雪芹。

四、豆袋

小學裏上體育課時同學有豆袋可以擲，那些豆袋都是四方的。

其實，豆袋也可以有許多形狀，譬如裁下一個奇異的形狀，縫了邊，反轉來，塞滿豆子，再把袋口縫牢，就是一個豆袋了，為甚麼要一個老樣子呢。

五、漆窗框

要過年了，如果家裏的窗框是鐵的，正在生鏽，最好就是自己動手來油漆一次。

到五金店去買罐一磅裝的磁漆（約港幣三元半），買個一吋闊的油漆掃（約二元。不要買排筆，毛筆也似的排筆只適合粉刷牆壁）。

換上很舊的衣服，摺頂紙帽戴着。先把窗框洗抹乾淨。找些報紙放在窗前地面，靠窗的家具也用報紙蓋起來。

開漆罐時要小心，不要傷了拇指。磁漆可以直接掃在窗框上，記得要不時把漆攪勻。三小時後，漆應該乾的，可以再掃第二層。

如果不小心把漆塗了在玻璃上，可等漆乾後用刀片把它輕輕刮去。手上的漆可以用火水洗抹。

另外有一種膠玉磁漆，功能比磁漆好，太陽曬久了也不起泡泡。不過，工作起來要麻煩些，而且一開罐就要加松節水才能用，就看大家怎樣選擇了。

西西繪漆窗框

曹雪芹毛熊與風箏（西西造）

包裹

有這麼的一個人，在過去的十多年裏，不斷以繩索、帆布、油布、塑膠布、尼龍布，去把各種不同的物體一件一件包裹起來。

他是克里斯托．賈瓦契夫（Christo Javacheff, 1935- ）。

起先，他把瓶子、油漆罐、紙盒、桶、雜誌、腳踏車、梯子或一棵樹包裹起來；後來，他的目標逐漸擴大，他包裹了一輛汽車、一座噴泉，整層樓的地板，包括樓梯，以及一幢博物館。

為甚麼要把物體包裹起來呢？

古埃及的人把遺體用布包起來，成為木乃伊，是為了保護，期待另一次的再生。商店把出售的貨物包裹起來，魚攤用舊報紙包魚，士多用紙袋包麵包，鞋店有盒子包鞋。外加膠袋，好方便攜帶，易於整理，或者作為成交的標誌，或者使商品顯得更為整齊美麗，或者只不過是一種習慣。

許多人把聖誕禮物設計成特別的面貌，使它們充滿更多的神秘和幻想，而人們穿上各種不同的衣服，可以不斷改變固定的模樣，創造新的形象。

有這麼的一個人，原是保加利亞人，並沒有說他為甚麼要把一切物體包裹起來，他只是這麼做，像在設計，像在雕塑，像在建築，像在和各種物體開玩笑，像在做一種特殊的遊戲，像在替大自然縫一些新奇的衣裳。是，他在做甚麼，為甚麼這麼做，留待你自己去解釋、去感覺。這個人，在做包裹的日子裏，做了四件十分令人驚訝的事情，它們是：

·設計了一連串的幪面窗橱
·豎起了幾個空氣包裹
·包裹了一哩長的一段海岸
·在兩山間掛了一幅幕

總有這樣的人在做這樣的傻事，總有一些人不願意走別人走過的路，不做別人亦做的同一類事，克里斯托，就是這麼的一個人。明天，誰知道他又要做些甚麼新的大包裹，也許是包裹我們的地球，也許是包裹我們頭上的天空，包裹我們的氧氣。要包裹一個城市，是恐怕有些東西快要失去了？

（編按：賈瓦契夫於二〇二〇年逝世。）

包裹德國柏林國會大廈

說鐘

德國的詩人席勒說：時間是人類的天使。

時間可以用甚麼來量度呢？可以用沙漏、水滴、水銀滴，也可以把一枝竹插在地面，看白日的投影。

希臘的阿里斯多芬在他的喜劇《青蛙》裏就這樣寫過：「如果影子有十步長，就來晚餐吧。」

在許多古舊的公園，我們仍可以見到簡單的日晷儀。古羅馬的時代，奥古斯特斯在廣場上豎立了一座有尖頂的四邊形碑柱，地面上列了兩組一至十二的半圓形數目字，就是一個鏡子似的，可以反映日照，知道時間了，時維公元二十七年。

用沙漏來計時，通常是四個沙漏為一組，每個沙漏可以漏十五分鐘。據說，沙漏是法國查特教堂的僧侶發明的，因為他們在八世紀時懂得如何吹玻璃瓶。沙漏的黃金時代是圓桌武士時代，因為可以計算武士競技的時間。

十五世紀時的鬧鐘，不但可以報時，還可以讓人們看見背面的齒輪如何一分一秒地移動。阿里斯美狄加手中托着的是一個懸重鐘，這種鐘是利用懸垂的重物來轉動內部的齒輪，採取吊桶到井中去取水的原理。

教堂和大建築物上的鐘，人們除了「看見」時間外，還可以「聽見」報時，報時的鐘常常出現一個敲鐘的人，叫做「傑克」。據傳是阿拉伯人的發明，由十字軍東征時傳入歐洲；比較花巧的鐘，更會出現一隊武士。

大笨鐘是舉世知名的了。它的音樂也是我們非常熟悉的。有趣的倒不是鐘自己，而是替鐘洗臉時，需要五個人吊在鐘面上。

有的鐘像茶壺，如果把燭放在鐘殼內，可以像幻燈機一般把鐘面放映到對面的牆上。

日本有一座鐘塔，原來是紀念 Ozaki 的，因為他和別人約會，一生從沒有遲到過。德國有一座城市大會堂的鐘，設計了幾排美麗的鈴，報時的音樂就非常動聽。

有些廣東人送禮，不喜歡送鐘，送終送終，意頭不好，所以我們也要注意，當然，送的是價值連城，那就百無禁忌。清皇帝收了許多外國人送的鐘，並且加以隆重裝飾，在故宮設了鐘的博物館。不過我懷疑皇帝們對裝飾的興趣，遠多於對時間，他們大概以為，他們有的是時間，王朝可以享壽千秋萬世。

收藏在故宮裏的鐘

用畫筆拍電影

璜・尚諾維（Juan Genovés, 1930- ）的繪畫像電影、像銀幕上的新聞片，當我們去看，彷彿是透過攝影機上或槍桿上的瞄準鏡張望。有時我們看見單一個鏡頭，有時則為一組一系列的畫面，特別帶給我們電影感。畫是由若干小畫面組合而成，組合的秩序一如電影上的剪接，景象的距離也陳列着遠景中景或特寫。

他是一個用畫筆拍電影的人。

璜・尚諾維繪畫的主題，一貫集中於反映戰爭之殘暴。在《環球日曆》中他描寫逃亡的人如蟻，待斃的犧牲者舉着手臂，面壁而立；在《逮捕》中，我們看見一個雙手被反綁的人，正被帶離現場，愈走愈遠。璜・尚諾維的作品曾觸發導演史超域・古柏（Stuart Cooper）拍製了一部紀錄片《暴力的考驗》（*A Test of*

Violence），其中就加插了璜．尚諾維的戰爭畫幅，作為硬照拍攝。

璜．尚諾維是西班牙人，生於瓦倫西亞。

（編按：璜．尚諾維於二〇二〇年逝世。）

《暴力的考驗》海報

《環球日曆》中逃亡的人

愛樹的人亨德華撒

費德列．亨德華撒（Hundertwasser，或譯作漢德瓦薩）一九二八年誕生於維也納，幼年喪父，由猶太籍母親扶育長大。他曾入維也納美術學院三月、巴黎美術專修學校一天，不接受傳統的教授方法。他到處旅行，以大自然為師，創立漩渦式的抽象風格。

亨德華撒曾在香港舉辦過作品展，可說是一個大展，在年代上包括亨氏早期及近期的重要作品，種類上兼有水彩、木刻版畫、石版畫、蝕刻版畫、絲網版畫、掛氈郵票設計及房屋模型。不但數量多，作品面積也寬闊。去看畫展除了可要注意亨德華撒的「漩渦」標誌風格外，還可看看畫中晶亮的金色銀色，絲網版畫上色彩的數目，以及和製作有關的人的印鑒、誌記等。亨德華撒曾經買了一艘木船，在船中生活，那船叫「雨日船」，這船也在許多畫中出現。

我所感覺的亨德華撒是這樣的，他做很多的事情：繪畫、織掛氈、寫散文、參與保護環境運動、設計理想的居住環境，等等。整個人充滿活躍的生命力，彷彿一個人就可以建造一座森林的樣子。

樹是他的朋友。他的畫有許多樹，都像一把一把水果剖成的扇子。他在一幅《綠屋頂的屋子和花園》的畫旁這樣寫：當我步行田間，看見草如此綠，泥土如此棕，我決定做一個畫家。

他所用的線條多半是螺旋形的，一個個密圈表現迷宮式的世界。他不喜歡直線。直線導致人類的毀滅，他說。

他是一個溫暖的畫家。蒙特里安或畢費，他們是冷的。他暖。他充滿感情，他會用十八種甚至二十四種顏色凝聚在一幅絲網印刷版畫上和你傾談，就說：啊，你看，這樣的城市是不好的，因為所有的大廈都在流血。

他關心城市。

他關心人。

一九七七年「亨德華撒世界巡迴展」的海報

請他簽名

一九七〇年五月，馬賽・馬素（Marcel Marceau, 1923-，又譯作馬歇・馬曳）來港，在大會堂演出兩場啞劇。上半場演了出色的《迎風而行》和《籠》等，下半場演《小丑比勃》。看得大家都捨不得回家。

散場後，陸離說，我們去請他簽名去。於是，兩個人就拿了當日的場刊跑到後台等。陸離一直問後台的工作人員，馬素先生呢，馬素先生呢。過了很久，才見他和幾個人一起從樓梯上下來。我們跟他進了化妝室，把場刊遞給他，又給他一支藍芯的原子筆。

這時候，馬賽・馬素仍然穿着小丑比勃的服裝，就是橫條子的布衫、白褲，和有一排鈕扣的短外套。他的臉上塗着厚厚的白粉，近看好像一道白粉牆。

他在場刊上簽了名字，又寫了一句「紀念比勃」，然後畫了一朵花。我們看見那花，歡喜得不得了。陸離的法文很好，她就講法文，好像是說，我們實在喜歡你的啞劇等等。我的法文不行，只會說謝謝，謝謝啊。

（編按：馬賽・馬素於二〇〇七年逝世。）

秋天

秋天是怎樣的呢？辛笛的詩句是：

有雲的天
近來我愛它
歪仰着頭
你好嗎？

我於是抬頭也去看了一陣天。頭上的雲和上個星期的雲好像沒有甚麼分別。我不曉得秋天怎麼忽然來到鼻子前面，可能是近岸的候鳥把秋天從北方帶來的。

明太祖的後裔朱耷畫過很多鳥，形貌均出奇。每隻鳥獨立一足，且睜一隻敏鋭的眼。朱耷又號八大山人。他的簽名式似哭又似笑。對於秋天，還有人喜歡愁愁的嗎？

或者，秋天是從水上飄來的。何其芳的詩句這麼説：

向江面的冷霧撒下圓圓的網，
收起青鰻魚似的桐葉的影，
蘆篷上滿載着白霜，
輕輕搖着歸泊的小槳。
秋天遊戲在漁船上。

明朝的戴進常常畫漁景。有一次，他畫了個穿紅袍的一品官在釣魚。明宣宗見了龍顏不悦。官們如何懂得漁農之樂呢。所以，陶淵明就不高興做官了。

每到秋天，總會想起陶淵明，因為酒和菊花都是他的。

明朝陳洪綬畫的陶淵明是坐在大石上。右手扶琴，左手持菊。陶先生，菊香嗎？小石上有酒，盛酒的器皿不知道叫甚麼名字。陳洪綬畫的人物衣袍上都鑲闊的滾邊，袍身滿是褶紋。

大概沒有很多人喜歡像陶淵明般坐着，我們會喜歡到郊外去。郊外的風景是一幅幅山水畫。管管就說過：

小雨中的遠山
是張
潑墨山水

又說：

吾看青山山看吾

吾有青山山有雨

清朝的華喦擅繪花鳥蟲魚，亦畫山水。當時的人不喜愛他的山水畫，認為畫中景物有欠豐盈。這裏的一幅《秋景》正是看來一片空茫。但秋天不就是這般高曠空明的麼？葉落如雨，隔着江水，遠山更玲瓏了。

郊外比較涼，要穿一件外套的，這樣可以避免傷風。家裏會暖和，晚上天黑得早，在燈下，何不也寫一首有關秋天的詩呢？看瘂弦，他這樣寫〈秋歌〉，溫暖而動人：

〈秋歌——給暖暖〉

落葉完成了最後的顫抖
荻花在湖沼的藍睛裏消失
七月的砧聲遠了

暖暖

雁子們也不在遼夐的秋空
寫牠們美麗的十四行了
暖暖

馬蹄留下殘踏的落花
在南國小小的山徑
歌人留下破碎的琴韻
在北方幽幽的寺院

秋天，秋天甚麼也沒有留下
只留下一個暖暖

只留下一個暖暖
一切便都留下了

八大山人筆下的鳥

陳洪綬畫的陶淵明

動態和靜態的雕塑

人物：阿歷山大．柯爾達（Alexander Calder, 1898-1976；或譯考爾德），他逝世了。

時代：古代的人用石、泥、銅、花崗岩等做雕刻，近代的人用布、繩、塑料、生物、大地；柯爾達的雕刻材料是金屬線、鋁片、鋼板和鐵枝。柯爾達的時候，是雕塑史上的「鐵器時代」。

家庭：柯爾達的父親和祖父都從事雕刻。父親因為健康的關係，家人不斷到處遷居。柯爾達誕生於費城。從小足跡遍及各大城市。

事件：一次，一個玩具商對柯爾達說：如果你能設計一些特別的玩具，你可以藉以謀生。柯爾達開始用木、金屬線、鐵罐和皮革做玩具，但玩具商卻不見了。

玩具：柯爾達對創造玩具發生濃厚的興趣，除了製作會動的玩具外，還用金屬線做人物肖像，並且大規模地設計整個小型的馬戲團。

事件：一次，柯爾達到蒙特里安家去，看見畫室中全是紅黃藍鮮艷顏色的線條，柯爾達腦中想到的並不是「新造型藝術」或「構成概念」，而是：如果它們都能擺動，該多好呵。

動態雕刻：柯爾達開始創造電動和自動的雕塑，展出的時候，人們稱它們為「動態雕塑」。

靜態雕塑：柯爾達除雕塑外，還為書本畫插圖，設計舞台佈景、金屬飾物、噴泉。柯爾達後期的作品，是巨大的雕塑，沉重而有力，不再在風中擺動。阿蒲給它們取了一個相對的名字「靜態雕塑」。

風格：靜態或者動態，觀眾可以發掘。柯爾達繼續塑造他的大馬戲團，他以實驗的精神，讓涼冷的鋼鐵獲得嶄新的生命。他的作品雖然抽象，但充滿幻想和幽默、遊戲的歡樂。這，未嘗不是一種別出心裁的雕塑。

柯爾達的雕塑作品

喬治·施高的雕塑

喬治·施高（George Segal, 1924-　；又譯作喬治·西格爾）的作品，有兩方面是比較特別的。

我們一定見過不少的雕塑品，它們大都一座一座，佔了一個空間，或者立在博物館的大堂中央，或者站在郊外的草地上，它們獨自屹立着，人們在四周圍着它們看。喬治·施高的雕塑比較不同些。他的雕塑人物從來不是孤立地一個個人站着，而是被安放在一個特別的環境之中，這環境是為了配合雕塑人物而製作、佈置起來的。比如說：「乾洗店」裏的婦人，她站在乾洗店內，店內的窗櫥、櫃台、霓虹燈管，亦成為作品的一部分。又比如「電影院」，售票員坐在售票處，戲院的天花板上滿是燈，一道進入大堂的門，也是整個作品的一份子。像這樣的作品，給予我們一種生活寫照的感覺。喬治·施高的雕塑人物本身是白色的，但佈景或紅或黃，同時配以燈光的照明，作品展出時，展覽場地好像一座舞台，彷彿是幕剛剛啟，一切仍在凝定之中。有人稱這種雕塑為「開放的雕塑」，它的確是雕塑藝術的一種伸張。

從美術史方面來看，喬治·施高是普普藝術的一份子。我們知道，普普藝術家們的作品都是非常熱鬧的，外呈一片雜亂無章的形態，畫裏面又多漫畫剪片、招牌路標的重疊、商品廣告的拼貼、新聞圖片的細部放大等等，但喬治·施高的作品卻顯得異常冷靜、簡潔、秩序井然。能夠在眾多名家之中發出自己的聲音，這才是喬治·施高的可貴吧。

喬治·施高開始這類雕塑可說是很偶然的，有一次，他的一名學生送他一件小作品，是採用斷肢病人的一種石膏繃帶製成的，喬治·施高看後，即觸發了嘗試的意念。他首先以自己來作模特兒，請妻子把自己好像木乃伊一般用石膏繃帶一層一層包裹起來，乾後把外殼逐步拆下，然後重新砌合、設計、塑造。（我們因此稱他的作品是雕塑，不是雕刻。）所以，他的雕塑，都是等人身高，而且和真人差別不大。

後來，喬治．施高請了不少朋友作模特兒，大家都做了一次活的木乃伊。或者，我們會懷疑，用這種方法來做雕塑，是真正的雕塑嗎？也許，我們可以這樣想一想：用真人作初步的模型，是喬治．施高雕塑的方法之一，而我們要重視的，卻是他如何處理他的雕塑人物，如何表現它們，以及把它們放置在甚麼場景之中。最重要的問題是：這樣的雕塑好不好？

美國的抽象藝術是二十世紀的主流之一，但喬治．施高並沒有投入「紐約派」的行列。他的雕塑反而是圖像的，每一個都是城市裏到處可見的小人物的寫照，在這方面，喬治．施高顯然不是一個把自己困在「畫室」裏的藝術工作者。那些雕塑是白得那麼耀眼，沉默地靠着一列門牆，或者坐在一個不為人注意的角落，當我們把它們仔細觀看，我們是否也感覺到喬治．施高的思緒了呢？人是何等的孤寂呵。

（編按：喬治．施高於二〇〇〇年逝世。）

喬治．施高的雕塑人物

《大屠殺》

割與戳的空間藝術

藝術品影響時裝，這不是新鮮的事兒了。所以常常看見時裝模特兒穿上印了名畫的衣裳，或者肩掛名畫圖案的手袋、絲巾等。那麼，自古以來，哪一位藝術家的作品最受大眾歡迎呢？我們在街頭巷尾從早到晚都見到的各種衣裳，誰的作品最常見呢？會不會是梵高呀，他是最多人熟悉的畫家。他的黃屋，或者向日葵，有時出現在手袋，有時出現在雨傘，有時出現在背囊。啊，那個瑪格列特次數也不少，我常常見年輕人提着大布袋，上面寫着：這不是煙斗，而布袋上明明畫着一隻煙斗。

還有，還有。蒙特里安，他那種三色橫線、直線、正方形、長方形的圖形就有時裝設計師做成衣服，連大眼娃娃玩具也穿上一襲。至於早一陣時裝展上亮相的文藝復興名畫，變成晚裝，也不時可以在大街上見到。不過名作用在服飾上，最多人穿、到處可見的那位藝術家，我以為是意大利雕刻家路齊奧·封坦那（Lucio

Fontana, 1899-1968）。

誰是封坦那？哈哈，這個名字真是蠻冷門的。意大利人，怎麼不是阿曼尼呀。封坦那和時裝有甚麼關係？那就得講一講了。封坦那，生於阿根廷，父母都是意大利人，父親是雕刻家，他自己，也從小就學雕刻。如果他像父親那樣，只是老老實實，埋頭做雕刻，不求突破，那麼，他最終也會如同父親一樣，成為一個平凡的雕刻人而已。但封坦那大概受了許多畫家的影響，他們是畢加索、布立克那群人，個個都創造了新的作品，使畫壇一片新氣象，而雕塑界，當時最著名的仍然是亨利·摩爾和賈科梅蒂（Giovanni Giacometti, 1868-1933），創新的藝術家不多，他就苦苦思考，努力嘗試，尋求突破。也許，正是天文學、物理學的突飛猛進，指引他夜觀星空，在黑暗的夜晚，見到群星燦爛，在天空中一顆顆閃亮，彷彿從黑洞中發光，衝出夜幕。而那片景象就出現在封坦那的作品上了。

封坦那在陶板上，用棍棒戳穿了許多洞洞，整塊陶板可甚麼也沒畫上，就是穿破了的黑洞，洞口裂出四散的線條，那是滿天星星放射出的光芒。那也是封坦那的靈光，這件作品，名為《空間觀念》。他知道怎麼走了，他作了一連串的空間觀念的遊歷、探索，成為空間運動的創始人。那是一九五〇年，他那時做的還是天體星群的繪畫，在畫布或陶板上搞破壞：戳洞。九年後，他更進一步，更加石破天驚，因為他竟用刀在畫布上割開一條縫，真是好厲害的一刀。

因為這一刀，繪畫史上的長乘闊的二維面積，忽然變成了長乘闊乘高的三維體積。雖然，從側面看，那所謂「高」也只是一點點高而已。如果平面的畫布上畫的是樹林，離我們近的樹可以很高大，離我們遠的樹卻會因透視的緣故顯得很小，在遠方消失了。那個沒影的消失點，是終點，是窮巷。因為畫布上捱了一刀，那沒影點的消失點也許就被割開，我們似乎可以穿越沒影點，從畫面進入畫的背後去了。當然，背後不會有繁花異草，也沒有浣熊或鸚鵡，因為背後只有黑洞。

除了在畫布上切割，封坦那也在雕塑體上切割，他的《青銅雕塑》像一個個生鏽的銅鈴，活像長了闊嘴巴的青蛙，會吟唱，哪怕唱得結結巴巴。因為那厲害的一刀，剖開了原本隔絕的內部。我們說過的話就不能說得太死了。哪一句話？我

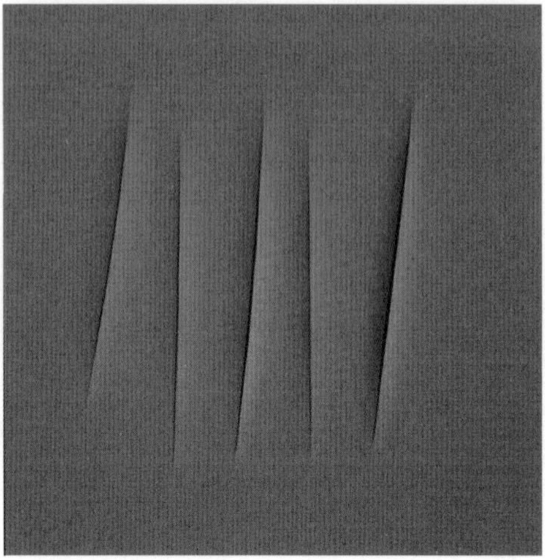

《空間觀念》

《青銅雕塑》

們該如何分別雕塑和建築？喔，雕塑麼，美術史的老師說，即使是圓雕，畢竟是封閉的，我們只能夠站在外面團團轉地繞着它欣賞；而建築呢，我們卻可以走進去觀看，可以去散步、去生活，我們和建築可以有更密切的關係，因為建築有內部空間。內部空間多麼重要啊。但封坦那的青銅雕塑，打通了內外，讓內部也呼吸起來。大家該怎麼看？

封坦那是當代影響力最大的時裝設計者？最受歡迎？還用說，看看滿街年輕人的牛仔衣褲，不是滿佈撕裂的洞洞麼？

封坦那的「空間觀念」，說是畫，好像不太「準確」，因為大部分的作品並不是畫的，也沒有油彩。創作的方法只是在顏色畫布上以利器戳了許多小洞，而洞孔的排列有時如漩渦，有時如星座。十字形的戳洞更像天空中的繁星。

記得安藤忠雄一九八九年在大阪建造明光教堂，教堂的整幅後牆切割出十字形的隙縫，當陽光從外面射入，就產生奇幻的、信徒都喜歡的效果。

戳洞，可能也影響後來的亨利．摩爾的雕塑。戳破畫布使視覺突破畫面的空間，帶來新的空間。洞孔如果面對的是牆，洞是黑暗的，就像夜晚；如果面對亮處，比如安藤忠雄的十字隙縫，光線就從隙縫透進來，成為一個光的十字架，也是一幅光的透視畫。它跟氛圍產生關係。以前，文藝復興的定點透視有一個兩線相交的消失點，如今，從封坦那的戳洞中看出去，卻是延綿的無盡空間；當畫背是黑牆，我們看見的竟是黑洞。

明光教堂

篆刻

自己的字寫得不好，看見別人漂亮的書法總要呆住。一天，在書店裏翻見一本書法美麗的書，也不管是甚麼類別的冊籍，就買了帶回家，翻開來習字。

我本來想學的只是書本中的書法，可是寫着寫着，起先描的是個別文字的筆劃和結構，後來卻追隨了句子的文意，直到臨摹了一兩頁之後，竟變了閱讀，而不是習字了。

那是鄧散木（一八九八—一九六三）的《篆刻學》，講的是如何刻治印章的事。由於做印是一種文字圖形的藝術，所以，書內講了很多關於文字的由來，又講了好多篆字的演變。

「篆刻」當然重視文字的結構，但這畢竟是關於印章的事。我一直閱讀，把各個不同的印章仔細看看，倒也約略能夠分辨得出秦印和漢印的不同、官印和私印的分別。各種各樣的印，有的是文字，有的是鳥獸；有的作菱形，有的像葫蘆。個別的字，普普通通罷了，一進了印章裏，互相配合，忽然變得異常美麗，真是化腐朽為神奇。

書的作者指導做篆刻的人必須學寫字，在練習階段，先將其所列舉的一百七十七字每日寫一通，寫到左右上下、方圓曲直、下筆先後，一一爛熟於胸中，然後將《說文解字》部首五百四十字，分二日寫一通，約以五十通為度。既畢，再寫《說文》全文九千三百五十三字。以日寫三百餘字計，一月可以寫遍，期以半年，執筆自漸穩定，再臨摹其他篆刻書碑刻，以正其體勢。由此可見，篆刻與任何做學問的工作一般，是必須下苦功的。

作者認為學篆刻，必須重視臨古。他說：「古印不盡可學，要當擇善而從。其平正者、質樸者、有巧思者可學；板滯者、乖謬者、過纖巧者不可學。」

又說：「臨古要不為古人所囿，臨其神不臨其貌，取其長不取其短；有似而不似處，有不似而似處，斯為得髓。若一味摹擬，求其貌似，則近世鑄板之術大行，攝影鑄板，百無一失，何貴乎再借刀鍥哉。」

這一番說話，文義所導，又豈僅指篆刻治印而言呵。要是只會摹仿，那就誠如我一位朋友所說，形式不變，用具不變，中國的書法，到了唐楷以後，就一直退化了，誰也寫不過王羲之、顏真卿、米芾。

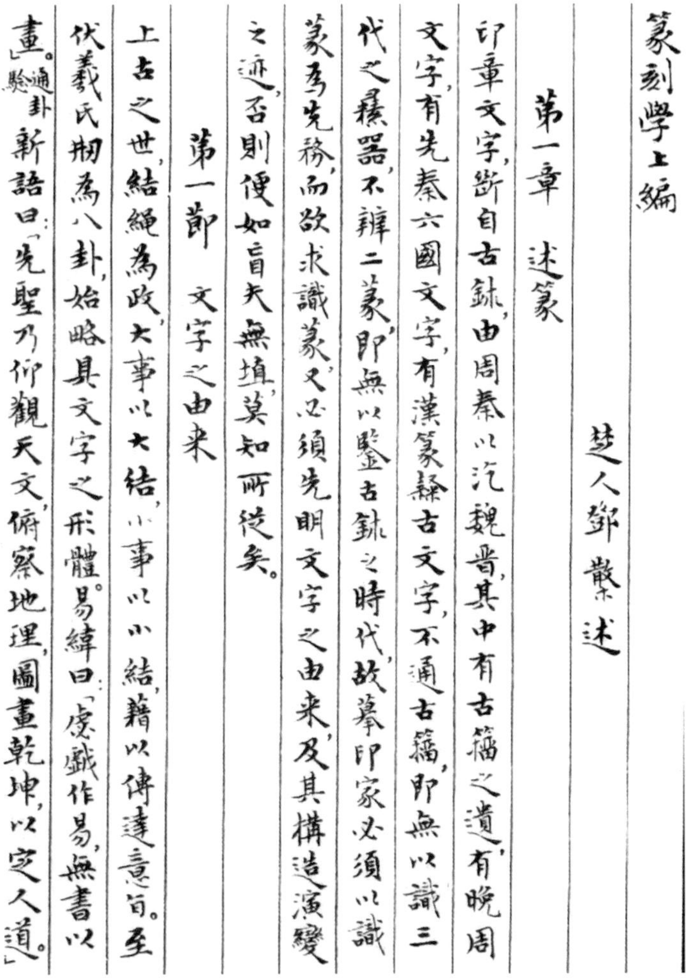

篆刻學上編

楚人鄧散木述

第一章　述篆

印章文字，斷自古鉩，由周秦以訖魏晉，其中有古籀之遺，有晚周文字，有先秦六國文字，有漢篆繆古文字，不通古籀，即無以識三代之彝器，不辨二篆，即無以鑒古鉩之時代，故摹印家必須以識篆為先務，而欲求識篆，又必須先明文字之由來，及其構造演變之迹，否則便如盲夫無埴，莫知所從矣。

第一節　文字之由來

上古之世，結繩為政，大事以大結，小事以小結，藉以傳達意旨。至伏羲氏刱為八卦，始略具文字之形體。易緯曰：「虙戲作易，無書以畫。」（通卦驗）新語曰：「先聖乃仰觀天文，俯察地理，圖畫乾坤，以定人道。」

鄧散木《篆刻學》

巴托克的藍鬍子

在《番石榴飄香》一書裏，記者訪問《百年孤寂》的作家，誰是他最喜歌的音樂家？作家答：巴托克。

貝拉．巴托克（Bartók Béla, 1881-1945）是現代匈牙利音樂家，作品風格獨特，開拓了音樂的新天地，他一生作了許多管弦樂曲、鋼琴樂曲、室樂和聲樂曲，卻只寫過一部歌劇，而且只有一幕，名叫《藍鬍子公爵的城堡》。

舞台上的音樂劇，包括歌劇、芭蕾舞劇和啞劇在內，大多改編自文學作品，比如《羅米歐與茱麗葉》、《茶花女》等等。歌劇的《茶花女》或芭蕾舞劇的《羅米歐與茱麗葉》都保持了原作的面目。《茶花女》還是小仲馬小說的情節，《羅米歐與茱麗葉》仍是莎士比亞筆下的悲劇。《藍鬍子公爵的城堡》不同，藍鬍子的故事有了新的演繹，觀眾面對的是新的內容。

藍鬍子（Bluebeard）的故事，源自民間傳說，在歐洲可說家傳戶曉。一般人的印象來自法國作家查理·貝羅（Charles Perrault, 1628-1703）寫成的童話，把藍鬍子與謀殺妻子事件連結在一起，成為後世無數作家的主題原型，各有不同的解讀和寫法。內容本來是：藍鬍子是個面貌奇異的人，有一把藍色的鬍子，擁有無數財產，住在一座巨大陰森的古堡，古堡裏有一間神秘的密室。謠傳他曾先後殺害以前的好幾個妻子。每次，他把門匙交給新娶的女主人，卻叮囑她不可開啟密室的門。

寫過《小巫師》的音樂家杜卡（Paul Dukas, 1865-1935），採用比利時作家梅特林克（Maurice Maeterlinck, 1862-1949）的原作，也譜過三幕歌劇《阿里安娜和藍鬍子》（一九〇七年），劇中的門匙一共有七條，要打開的是七扇門。古堡的女主人在每一間密室中發現藍鬍子的一位前妻。她勸這些女子離開古堡，但沒有一個願意，結果是她獨自走了，扮演了現代娜拉的角色。

巴托克歌劇《藍鬍子公爵的城堡》從民間傳說中取材，女主角要打開的也是七扇門。

佈景相當簡單。一間昏暗的哥特式廳堂，只有樓梯頂端有一扇小門可以通入。左邊的牆上有七扇大鐵門。幕啟前，有人朗誦序幕（唱片的錄音，沒有序幕朗誦）。序幕結束後，在民歌似的五聲音階動機中，藍鬍子和朱迪絲從小鐵門進入大廳。鐵門打開時，光線同時投入室內。

朱迪絲離開父母、兄弟，跟隨藍鬍子到他黑暗神秘的城堡來。在小鐵門的入口，藍鬍子不斷提醒朱迪絲：這裏就是城堡了，是陰暗沒有陽光的地方，和外界完全隔絕；而她的父母兄弟那裏，卻是陽光充沛、明朗美麗的居所。她真的願意跟隨他麼？朱迪絲的答覆是絕不反悔。她愛藍鬍子，願意和他在一起，為他驅除黑暗，帶來光亮。

當他們進入城堡，小鐵門就永遠關上了。城堡內光線微弱，陰森可怖，四周的牆壁都是濕的。朱迪絲認為只要把七扇大鐵門打開，就可以把光線引進來，照亮城堡。藍鬍子問她：不害怕嗎？對於外面的傳言，難道她並不理會？而朱迪絲說並不畏懼。於是藍鬍子把一條門匙交給她。

第一扇門打開了，一道紅光射入廳堂。牆上是一塊巨大血斑，地上堆滿各種刑具。這是藍鬍子的刑室。刑具都沾滿血跡。木琴與木管令人想到骨頭的碰撃聲，樂隊第一次奏出〈血的動機〉，整段音樂以升D為主調。

朱迪絲並不害怕，拿到門匙後，打開第二扇門。投入廳堂的是橙色的光，門內是數不盡的武器。這是藍鬍子的兵器庫，所有的兵器也都沾滿血。喇叭嗶嗶地響，音樂繼續描述可怕的景象。

一片金光，第三扇門也打開了。音樂竟然顯得柔和而優美，豎琴和斷片琴琮琮琤琤。門內是耀目的珠寶，這是藍鬍子的寶藏。不過，黃金、鑽石上面，也沾滿了血跡。音樂一觸及血，又顯得震顫起來。

第四扇門透過來的是藍色帶綠的光，那是城堡的隱蔽花園，長滿奇花異卉。不過，潔白的玫瑰花上同樣沾了血。朱迪絲問：是誰的血？藍鬍子說：不要問，不要問。這一段音樂轉為降E大調。

朱迪絲一連取得三條門匙，三、四之後，是第五扇門。音樂宏偉如交響曲般奏起E大調來，白色的光照亮城堡。

那是藍鬍子的王國：無盡的疆土、草原、森林、山脈、河流、星空、月亮和太陽。藍鬍子對新娶的妻子說：這些寶藏、花園和王國都是你的。不要再去理會那些門，不要打開它們，讓我們相親相愛吧。

朱迪絲堅持要打開剩下的門。第六扇門又打開了，音樂轉為A小調，沉重的一聲聲「鏜、鏜」，使人懼怕。但是門一打開，出人意表，音樂變得異常溫柔，水聲拂動，門內是一片湖水，平靜而清澈。朱迪絲問：這些神秘的水是甚麼？藍鬍子告訴她，是眼淚。音樂奏出〈淚的動機〉。

音樂奏出〈愛的旋律〉。藍鬍子把妻子抱在懷裏，懇求她不要打開最後的一扇門。朱迪絲問：親愛的藍鬍子，告訴我，告訴我，在我之前，你還愛過誰？藍鬍子說：你是我的城堡的光，不要問吧，不要問吧。

朱迪絲並沒有閉上嘴巴，好奇心已經變成妒忌心，她發出一連串的問題：你愛過誰？你愛她些甚麼？她比我美麗嗎？你愛她多還是愛我多？藍鬍子只說：愛我吧，不要問。

還有最後的一扇門。藍鬍子希望這門永遠也不要打開。朱迪絲生氣了，她說，她已經知道了藍鬍子的秘密，那些沾滿血的刑具、兵器、珠寶、花朵、雲層和湖水，必是他曾經殺害了的妻子。傳聞因此是真的。

朱迪絲追求真相，第七扇門終於也打開了。〈血的動機〉蓋過了音樂上的〈愛的旋律〉。在一片鑼和鈸的聲響中，門推開了。從裏面走出三名絕色的女子，披着不同色彩的斗篷，頭戴珠寶的冠冕。活生生的女子，朱迪絲看得呆了，而且她們都比自己美麗。藍鬍子說：看吧，這就是我以前的妻子，我曾經愛她們，但她們的心已經枯萎。城堡中的財富都是她們的，她們代表清晨、中午和傍晚，而朱迪絲，將成為子夜。音樂轉變為升F。

後悔已經太遲了。藍鬍子為她披上星空的斗篷，戴上鑽石的皇冠。她跟隨三名女子，一起進入第七扇門內。所有的門都關上，城堡恢復原來的黑暗，藍鬍子淹沒在永恆的孤寂中。一個人的城堡就是他的靈魂。

巴托克的歌劇，簡潔有力，演出的共有五個人，其中飾演第七扇門內的三個妻子的演員，並無唱詞，出場的時間也很短。事實上，全劇只由男女主角擔當，從頭唱到尾。樂曲的重點不在旋律，也沒有傳統作品的詠歎詞。藍鬍子和朱迪絲的演出，只像一個小時的對話。

全劇的動作也不多，演員事實上並不需要「演」，劇力靠音樂來發展，每一扇門的開啟都伴奏不同的調式來表現，有時輕柔，有時嘹亮；有時溫暖，有時可怖。燈光是這個歌劇的另一主要效果，打開一扇門就亮出不同顏色的光，舞台也一次比一次光明，最後又歸於黑暗。

憑藉純粹的音樂表現，我們只能想像每扇門打開後的畫面，不知道舞台上原來的佈置提供了多少實景。二十年代那陣，要表現一個花園和一個湖，並不容易。如果現在把這歌劇搬上舞台，配合錄像的放映，相信會有更好的效果。比如說，打開一扇門，可以把電影的畫面投射到舞台背景的銀幕上，那麼，可怕的刑具、兵器庫、花園、淚湖，都可以更清晰地出現在觀眾的眼前。尤其是巨大的王國，包括森林、草原、山脈、河流、星空、月亮和太陽。

一般的歌劇，主要的還是歌的部分，劇的部分只屬次要。因為劇的內容，觀眾早已熟悉。《藍鬍子公爵的城堡》把劇力提升了，甚至是一部超現實的作品。巴托克的音樂，常常給人一種不和協、錯亂、野蠻的感覺。其實是經過細心鑽研，故意揚棄甜美老套的創新。簡潔的樂句、器樂的選配，使歌劇充滿罕見的特色。《藍鬍子公爵的城堡》於一九一一年譜成，那時，巴托克三十歲，七年後歌劇才在匈牙利首都布達佩斯第一次上演。一般的觀眾並不接受巴托克，音樂評論界也希望他能「改邪歸正」。

歌劇的唱片有好幾個版本，不妨選擇以匈牙利語歌唱的版本。匈牙利國家歌劇樂團的演奏，風琴手、合唱團、男低音、女中音、指揮，都是巴托克同一聲氣的匈牙利人。

打開了一扇門（蔡浩泉繪）

藍鬍子把鑰匙交給妻子

夏加爾寫夏加爾

文藝復興時期西洋畫重要的題材之一是「基督降生」。許多畫家都畫過聖嬰躺在馬槽裏、三王來朝、天使拍翼。聖母和聖嬰的頭頂上面各有一暈光圈。到了二十世紀，聖經題材裏的聖母和聖嬰就在畫布上漸漸隱退了。

當代畫家夏加爾（Marc Chagall, 1887-1985）早期的畫作，有許多題材都寫嬰兒誕生，我起初看，以為畫家是用現代的手法來表現古典的題材，後來讀了他的自傳體文章，才知道他畫嬰兒降生，另有特別的原因，不過是畫普通的嬰孩，與聖經的內容無關。有一幅畫，在一些版本中叫做《聖家》，但在最近阿布蘭斯出版的《夏加爾寫夏加爾》裏，只簡單地叫做《夫婦》。

夏加爾以前寫過自己的傳記，這次的《夏加爾寫夏加爾》，把以前的傳記收納在畫集內，並且把有關的畫作並列對照，還刊登了夏氏的詩。這是一冊美麗的畫集，讓大家認識夏加爾這個人、他的畫。美中不足之處，是沒有把原來的法文詩也譯成英文。

在自傳中，夏加爾回憶童年的生活，母親常常會提起他誕生的那一天：一八八七年七月七日。在他誕生的那重要的時刻，小鎮監獄背後的村莊忽然失了火，火勢蔓延，城鎮的這一角都冒起了煙火。那麼一來，剛在臨盆的婦人怎麼辦？家人別無他法，只好連床帶人一起抬出屋外避災。於是，一張有四隻腳、兩頭床架的大木床，連同床上的產婦，連同婦人腳旁的小木盆，連同盆內的新生嬰孩，就被從屋子裏抬到街上，一直在街上由人們抬着，抬到安全的地方。

夏加爾在自傳中說：我還是誕生下來了。夏氏的畫作，許多畫都和這件事有關：嬰兒誕生，房屋失火。在眾多的「孕婦」作品中，最特別的一幅是《懷孕婦人》。年輕的母親穿着漂亮的黃色長裙子，裙子上有星點的白花朵；可是，在肚子的部分，卻畫了一個大圓圈，圓圈內畫了一個小孩。夏加爾把在母親體內的小孩也畫了出來，當然是採取兒童畫的表現法，畫中的年輕母親，也許是夏加爾的母親；

懷着的孩子，大概就是夏加爾自己了。

夏加爾寫道：你可曾見到過，在那些翡冷翠的畫中，其中有一些人物，鬍子沒有修剪好，眼睛總是棕灰色，皮膚上滿是皺紋？那就是我的父親了。夏加爾很少畫他的父親，可能是因為他的父親常常不在家，也可能是由於他自己也常常不在家。一年中有許多日子，他都會住在外祖父家裏；外祖父家中，可熱鬧多了。

雖然，夏加爾很少用線條和顏色來描繪他的父親，他卻用文字來記憶他。他記得，父親是一個沉默寡言的人，常常坐在桌子前面一聲不響，桌上的燈盞發出淡淡的光芒，彷彿連四周的椅子也疲倦起來。父親總是在黃昏時候回家，到了家裏，他會從口袋裏取出一堆餅食或冰凍的梨子，把食物一一分給孩子，這些食物總比從桌子上取下來的更香甜。如果某一個晚上，孩子們得不到父親口袋中的食物，對他們來說，就會是一個不快樂的夜晚了。

三十二年來，夏加爾的父親的工作一直是苦力，替人家搬運木桶，木桶裏盛載的都是魚。夏加爾的祖父是教師，有兩個兒子，他的願望是大兒子能在魚市場當書

《戰爭》

《吾鄉》

記，小兒子則去跟理髮師學藝。結果，大兒子當了搬運工人，總是和黃昏一起進入家門，滿身油膩和污斑。不過，他的口袋中總有一點甚麼帶回來，分給他的孩子。

夏加爾的母親是一家之主，她不但要打理家務，還要整日照顧店鋪的業務。夏加爾的父親在家中是個小人物，常遭妻子指派做各種工作，譬如：在屋戶外面搭蓋一些小房子，在大門外砌一間小店鋪，把借貸回來的貨物堆放到空的車子。屋子門外的小店鋪，由夏加爾的母親掌理業務，這小店鋪中有各種各樣的貨物出售，夏加爾的第一盒顏色筆就是從店鋪中得來。於是，他開始繪畫，畫媽媽，畫爸爸。但他多數畫的是媽媽。他會畫母親在廚房裏烘麵包，爐架上擺滿了碗碟，母親把麵包從焗爐中一個一個取出來……

牛，是夏加爾早期畫作的重要素材。他所以要畫有關牛的畫，是由於他年幼時常常住在外祖父的家中，而外祖父養了一群牛，每天都要宰一兩頭。把牛肉售給鄰居，這是他們的營生。

外祖母曾對一頭母牛說：唉，我們需要貨源，你知道嗎？那頭牛發出一聲歎息。夏加爾曾抱着牛頭對牠耳語：我不吃你的肉就是。除了這樣，他還有甚麼可以做？牛不久就被宰了，屠夫穿着白衣，捲反了衣袖，舉起刀來，插入牛的咽喉，犬隻和小雞都來圍着舐啄地面的血。

外祖父的家中掛着許多牛皮，彷彿晾曬的衣裳。一家人都很虔誠，常常祈禱，希望神靈能夠寬恕他們屠牛的罪。漸漸地，夏加爾對於屠牛也習慣了，而且，他又想吃牛肉了。

外祖父母的屋子並不很高，是些人字形屋頂的矮房子，屋頂上有一個煙囪，任何人都可以爬到屋頂上去。有一次，大家都在慶祝節日，只有外祖父不見了，他到哪裏去了呢？原來由於天氣好，他爬上屋頂去了，一個人坐在煙囱上，手拿一個籃子，正在吃胡蘿蔔。這些事情，夏加爾記得很清楚，他都畫在畫中了。

在外祖父母的家中，可沒有人理會他的繪畫。他們看過他的畫，都說：這些算甚麼畫呀，一點也不像原來的模樣。他們對牛肉的評價好得多。夏加爾除了自己畫畫，還常跟舅舅上市場去買牛，乘坐一輛木頭車，沿着大路一直走，木頭車由牛拉着走，車上載的則是新買回家的小牛。

舅舅每天要打理牛隻，空閒的時候，他就拉小提琴，尤其是晚上。許多人睡覺了，做夢了，他卻在那裏拉小提琴。沒有人理會他，他自得其樂。對於舅舅，夏加爾當然也把他畫進了畫中，他畫他們一起乘木頭車去買牛，畫他拉小提琴。夏加爾的畫中，有許多拉小提琴的人，會飛的，或者站在屋頂上的，他們都是夏加爾的舅舅。

年輕時代的夏加爾並不富有，沒有能力自己擁有一個房間，甚至沒有能力擁有一張屬於自己的床。他和一名工人分享一張床，而且是退居到房間的小角落。房間內其實住滿了人，工人啦、瓜果小販啦，夏加爾連活動一下、舒展一下筋骨的地方也沒有，所以常常蜷縮在床角，做白日夢。他常常幻想，啊，自己終於有了一間四方的空無一人的房間，自己有一張床。他一直這樣想。忽然，天花板打開了，長着翅膀的天使從天上降下來，室內充滿了光線，一片明亮；過了很久，天使才從天花板上飛出去，把光芒也帶走了。

於是，夏加爾的畫中就出現了天使。在這個時期，他常常畫青年的畫者獨處一室，面對畫架，手握畫筆和調色板，而室內，充滿了天使，還有鄰居，還有牛、馬、母雞等等動物。這畫室的題材一直延續很久。後來夏加爾離開了故鄉，前往巴黎，他還是不停的畫畫，窗外是巴黎鐵塔、圓月、星光；室內是飛翔的精靈、花朵，還有畫架前有七隻手指的畫家。

人們常常說夏加爾的畫充滿「神話故事」、「象徵」、「超現實」，夏加爾則說，他的畫都是寫實，既沒有象徵，也沒有傳說和寓言。他說，如果把一切看來不合邏輯的現象都歸納為神仙故事或幻想，只表示人們不了解自然。他說，他畫的牛、母雞或人物，其實都是真實的形相。他童年時生活在那樣的環境中，見到那些景物，後來在畫中重複把它們呈現，並非出於虛構，不過是把它們擺放在不同的空間罷了。

夏加爾說，一幅畫只是一個面，佈滿了代表的事物，例如人和動物的形狀。他說：在一個特定的框格內，邏輯與說明是不重要的。畫中可以存在一種精神的第四或第五度空間，給予觀看者嶄新和不尋常的理念。

看夏加爾的畫，如果不是一幅一幅孤立地看，而是一系列連續來看，當可發現他的作品其實是他的自傳，像有些小說家寫小說，所不同的是夏加爾用的是畫筆。

看夏加爾的畫，我常常會想起衣．衣．康明思（Edward Estlin Cummings, 1894-1962）的一組詩；同樣地，讀康明思的一部分詩時，我也會想起夏加爾的畫。

康明思常常寫月亮。他曾在一首詩中，把所有文字的字母，用大楷排印，使人在讀詩時特別注意文字的象形意義，看見一個月亮自樹梢緩緩升空，一直升到天際，然後愈去愈遠。

康明思〈七首詩〉中的第七首，寫的是一個氫氣球般的月亮。詩是這樣的：誰知道呢，如果月亮是個氫氣球，從一座美好的城市升上天空——充滿美麗的人物？如果你和我會進去，如果他們會帶着你進入他們的氣球，啊，我們將與所有的美麗人物一齊上升，高越房屋和教堂尖頂和雲層：飛航，遠大，遠航到一座漂亮的、從沒有人採訪過的城市，在那裏，永，遠，是，春天。而每個人戀愛，而花朵們採擷自己。

早期的康明思詩作無疑是浪漫的。年輕的作品無不如此，夏加爾的巴黎時光何嘗不是這樣，在他的畫中，也總有一個圓月，他甚至不必和一個「你」一起進入氫氣球飛到另一個美麗的城市去，他們自己飛起來，在城市的空中飛翔。那時候，夏加爾的畫，和康明思的詩一般。在那裏，永遠是春天。

一九一五年，在夏加爾生辰的日子，貝拉去採訪他，帶了一束花送給他。從此之後，花朵和貝拉就一直在夏加爾的畫中出現了，從冰凍的俄羅斯，到繁花的巴黎，夏加爾和貝拉和花朵長時間在天空中飛翔，直到現在，彷彿巴黎的上空仍舊隱約可以看到夏加爾和貝拉在夜空的某處。事實上，浪漫的時期過後，康明思和夏加爾的作品已經轉向，但美麗的城市永遠是令人嚮往的。

夏加爾《城市上空》

夏加爾《訂婚與艾菲爾鐵塔》

花園、眼睛

一、草本花園

園藝迷的莫奈在寓所外的空地上開闢了他的理想花園。可能是受了荷蘭一大片一大片鬱金香田的迷惑，他決定也佈置一大片一大片的花園。他是畫家，他的花園就是他的彩畫。而在自家的花園裏，他可以晨昏捕捉色彩和光。

莫奈把調色板移進園裏，他經營密集的花床，仔細栽種不同顏色的花種，紫紅、粉紅、棗紅、葡萄紅，或者是對比色的紫鳶尾和嫩黃的水仙，等等。每逢春夏，園內一片花海，不辨小徑和方向。莫奈特別喜歡雙色的花瓣，因為在陽光下反映出閃爍的效果，他要追尋的就是光，而光，轉瞬就逝。

園內的花卉是以草本為主，這類一年生的花燦爛繽紛，但盛開一季就凋謝。所以，每三個月要另栽一批，才使花卉絡繹盛放。我在園內流連，粗略計算一下，莫奈需要請六名園丁協助，尤其當年紀大了，眼睛愈來愈不好。

莫奈的花園

莫奈《花園》

二、許多眼睛

有一陣，波普藝術家霍克尼（David Hockney, 1937- ）對攝影產生了濃厚的興趣，拍了許多相片。但看來看去不滿意，覺得攝影欠了一個要素：時間。時間不是沒有的，而是固定了。文藝復興以降，西方許多藝術家總是用那麼一對眼睛，通過一個窗口來觀察。攝影正是這樣，拍攝時選定了一個位置，用定點透視法。正是在創造深度時，時間消失了。

定點透視法把物狀固定僵化了，愈來愈限制繪畫的敘事功能。繪畫和攝影只挑選故事中一個情節，把它凝滯不動。

怎麼讓流動的時間回到攝影作品中？霍克尼想到用拼貼法。他對同一情景拍上千百幀，然後組砌起來，成一新畫面。譬如《泳池》，由許多碎片合成。池中泳者其實只有一個人，但用十九格畫面表現他，即是從不同的視角看他十九次，彷彿有十九雙眼睛在池邊。於是，我們在一張相片裏，看到流動的時間。這，其實就是電影了。

日曆、畫廊

一、圖畫日曆

買了一個案頭日曆，三百六十六頁，每天不同圖畫。當然可選專題的花或者貓。花貓的日曆和月曆我已經夠多了，見書店裏有果里（Edward Gorey, 1925-2000）的作品，因此成為首選。許多人是透過劇場認識果里的，因為他曾為百老匯上演的戲設計佈景和服裝，其中令人留下深刻印象的是《吸血殭屍》。這許多年吸血鬼的電影拍了又拍，還是茂瑙（F.W. Murnau, 1888-1931）的一齣最好看，可以雅俗共賞，大概那種陰鬱、詭異的氛圍，正合德國的表現主義去發揮。茂瑙的一齣，是這類型電影最早的一齣，說來也是夠詭異的。康定斯基（Wassily Kandinsky, 1866-1944）畫過一幅《茂瑙眼下的鐵路和城堡》，但這個茂瑙，可不是指電影大師，而是阿爾卑斯山下一個巴伐利亞的小鎮。早幾年在歐洲也見過用康定斯基的繪畫做的月曆。

果里又是芭蕾舞迷，用芭蕾舞題材設計過杯子、碟子、紙袋和撲克牌。這些設計作品為賺不到錢的紐約城市芭蕾舞團帶來不少資助。據說，自一九五六年以來，他沒有錯過紐約城市芭蕾舞團任何一場演出。

夏天他住在別處，冬天準在紐約，人們可在林肯中心見到他穿皮草大衣（後來必定不穿了），足踏運動鞋。果里的素描用很細的線條，有如蛛網。他常畫怪獸，也曾為艾略特的貓詩畫貓插圖。我每天早上坐到桌子前做點工作，翻一頁日曆看幅好圖畫，心情愉快起來。有時帶了文稿到朋友家中工作，貓咪花花也會在桌上陪伴。

二、歐洲畫廊

到歐洲旅行，常常會碰上一些特別的畫展。

這次去意大利，在羅馬碰上李治登士坦（Roy Lichtenstein, 1923-1997）和達

茂瑙《吸血殭屍》海報

康定斯基《茂瑙眼下的鐵路和城堡》

利的展覽，作品都是一般畫冊中沒有收錄的，所以也有觀賞的價值。俄羅斯聖彼得堡隱士廬博物館的美術藏品也在羅馬展出，其中最有分量的是兩幅馬蒂斯的《舞蹈者》。隱士廬博物館我去過，就不去看了，也抽不出時間。翡冷翠有兩個重要的畫展，一在史托齊宮，展出米羅作品，除了繪畫，還有不少雕塑，顏色鮮艷，造型生動有趣，多是二十年前的作品，畫冊中全沒見過，的確大開眼界。另有孟克（Edvard Munch, 1863-1944）個展，在小皇宮展出，我很想看，可惜一時疏忽，小皇宮在周一休館，我踏進館門，一群職員直對我搖頭，我的朋友做了一個孟克《尖叫》的鬼臉。

在歐洲，看畫展要先做功課，博物館多數有一天休息，選在周一或周二。較小的展館，往往由長者看守，且往往是義工。參觀意大利的美術館和教堂特別要留意時間，冬季尤甚，開放，休息，再開放。每一間教堂、每一間美術館時間都不同，又有甚麼維修暫停開放等等。有些，又要預約。到荷蘭烏特勒支看列特威德（Gerrit Rietveld, 1888-1964，也譯作里特維爾德）設計的房子，到日本去看桂離宮，就都要預約。

有時候，能夠進入展場，竟好像中了獎。

百水建築

佛登斯列．漢德瓦薩（Friedensreich Hundertwasser, 1928-2000），許多人喜歡稱他百水先生，是一個奧地利畫家、雕塑家、建築家。他替紐西蘭卡瓦卡瓦鎮設計了一個美術公廁，把公廁變成旅遊熱點。這公廁和他家鄉維也納洛雲大街一帶的設計一樣，由彩色磚塊碎片拼貼組成。只不同的是，紐國群島灣的學生幫手拼砌的作品，多用了彩色的酒瓶。

他曾來港展覽，我寫過篇介紹（編按：〈愛樹的人亨德華撒〉），當時譯做亨德華撒，所見印象不錯。後來我到過奧地利，才較全面地看了他的作品，我改變了一些看法。

百水是畫家，至於建築嘛，模仿高迪的痕跡很深，有趣，色彩繽紛，可惜還欠大師的氣魄，多的是裝飾的意趣。他裝飾的民居大多住滿了平民百姓，不得進入參觀。但附近的公廁、對面的小店鋪，以及有指示路標引導前往的美術館倒可以自由出入。

進去打一個轉吧，就像逛遊樂場、看哈哈鏡。百水說，這是夢幻之屋。我覺得住在這樣的屋子裏，住久了可能發噩夢。他的美術館，樓下有庭院咖啡座，立面全是鑲嵌圖形，石柱如理髮店的三色滾筒。他的作品，都有這種滾筒。百水說，他的設計要打破常人的習慣。他打破了。美術館的地板居然高低不平，忽然陷下一個坡面，害我差點摔一跤，所以我等後青年要步步為營，不要只看展品而不看路。不過他有他的解釋，他說：「不平的地面，可以回復人的精神平衡、人的尊嚴，這些都被平衡、不正常且惡意的城市制度所違反了。」我不知道地面不平和人的尊嚴有甚麼關係。

他又愛在屋頂天台和露台種大量植物和製造噴水池，當然富環保氣息，但我恐怕這會影響房屋的結構，又會否漏水。我佩服創新的藝術家，但倘是民用的，還是要考慮是否實用才好。

百水也會做出驚世駭俗的表演。一九六七年，他在慕尼黑一個畫廊演講，竟然全身赤裸，由兩個女子陪伴，同樣不掛一絲。另一年，一九六八年，在維也納又同樣表演了一次。

百水設計的建築物

百水的畫作

美術館中高低不平的地面

黑光劇場

「黑光劇場」(Black Light Theater)是捷克特有的表演藝術。所謂黑光，是指表演時整個舞台一片漆黑。其實，舞台上有不少藝員，也有搬運道具的工作人員，但他們都穿黑衣、罩黑帽，觀眾即使看到了，也不當這些人存在。台前只有兩盞燈光照明，光投射在藝員的身上，背景有點像幻燈片的效果。他們不發一語，以誇張的肢體動作表演。

黑光特別的是，人物會飛翔，或者在空中翻騰。譬如我看過的《愛麗絲面面觀》，舞台上只有愛麗絲一人表演，內容自由發揮，並不依原著。有時，愛麗絲跳躍、翻筋斗，背景是幻燈片。有時，愛麗絲在布拉格的夜空上飛行，腳下是舊城建築多采多姿的屋頂(用彩繪硬紙板製成，由道具組人員站在背後拿着)，愛麗絲成為導遊，我們跟隨她觀看美麗的布拉格。

為甚麼演員能騰空？當然是雜技一場。愛麗絲站在竹竿上，縛在旋轉的機械臂上，但那些機械和撐竹竿的雜技藝員，我們看不見，飾演愛麗絲的演員無疑是很辛苦的，不停耍雜技，被旋轉臂扭旋得暈頭轉向。所以，表演時間不能太長，得加插其他項目，如黑衣人頭套彩畫在舞台上往來。

曾有黑光劇場來港表演黑光片段，只有十分鐘左右，最精彩的是扮鱷魚，其他時間，舞台上燈光通明，由一群人扮野人亂跳亂舞，十分欺場。名不副實，未免損害了「黑光劇場」的聲譽。

黑光劇場演出的情景

畫與疾病

書有不同的讀法，畫何嘗不是。例如張天鈞，他是醫生，台大醫院內科教授，喜歡美術。當他看畫，會從醫學的角度看，還寫了一本書：《名畫與疾病》。他看《蒙娜麗莎》，注意到她沒有眉毛，也許是患了產後大出血，導致腦垂腺壞死，影響女性荷爾蒙，以至眉毛稀疏。這是一種獨特的看法。不過，蒙娜麗莎看來健康，曖昧地笑，不知何以沒有眉毛。這可能還牽涉到時尚、審美的因素，但十七世紀的法國是否有此做法呢？還有，不要忘記畫家的作用。

盧梭（Henri Rousseau, 1844-1910）的《耍蛇女》裏的是蠻荒式的樹林，圖右中間畫了許多吊鐘似的植物，對稱排列，很像毛地黃。這種植物品種很多，有紫色、白色、粉紅色，或者黃色。除美麗外，種子及葉片，都可以提煉強心劑，治療心臟衰竭。

畢加索《抱鴿小孩》很溫馨，不過，鴿巢會沾有隱球菌，可經呼吸道傳染給人，造成腦膜炎。使用抗排斥藥、化學藥物治療者，以及愛滋病人最易感染。

米羅的《日出時的女人與鳥》，比較抽象，但其中有些像眼睛的圖案。醫生說患甲狀腺機能亢進症的病人，眼睛會出現圖中一樣的變化。從畫到疾病，作者講了許多治病的方法，好像看醫書，還提到最新的藥物。原來我的醫生開給我治療高血壓的藥，是最新最好的 Diovan（得安穩），副作用極低。

盧梭《耍蛇女》

搗練圖的看法

我國唐代人物畫中，有一幅著名的畫作，名《搗練圖》卷，全卷可分為三組人物。我們總是從左看起，這源於中國書寫的習慣；西方則是從右至左。左邊一組共六人，三人展開一幅布帛，一人手持一物置於布上，似是熨布。第二組人物只有二人，一人坐在矮墩上，正縫製着甚麼；另一人坐在地氈上，伸張雙手，似是拉開線段。向左旁邊另有兩名女童，一名彎身向上看布；另一名蹲坐圓火盆旁，手持一扇，應該是個看守爐火的侍童。

最後一組位於全卷右方，共四名女子，各人手持一支木槳似的長棒棍。如果依照畫題來說，三組人物的工作，只有最右的女子所作的勞動才是搗練。所以，很多時候，我們見到的《搗練圖》，只是四人組的一段。

搗練是甚麼意思呢？搗是撞擊、舂打的意思，例如舂米，所以是要動用木或石的器具。那麼練呢？是指絲織品，初織成時質地比較硬實。中國本是蠶絲之國，唐代的衣飾已經非常華麗，處理絲織自然累積了豐富的經驗。把硬實的生帛轉化為柔順輕巧的布帛，辦法就是經過煮沸、上漿，然後捶搗。最後還得把搗亂了的熟帛熨平，以便縫製衣服。圖中四名女子手持木棒，正在擊搗地上水盆中的布帛，那是必須退漿的硬絹。現在，我們且集中在搗練這幅圖畫上面。

當我們看一幅具象畫，我們常常會問，畫中畫的是甚麼事物，是風景還是人物？喔，是人物，那麼我們又會追問，是甚麼朝代，穿甚麼衣服，作何打扮等等，直到我們明白了，喔，是唐代的衣裝，是四名女子在工作，然後我們會看畫的顏色，很清淡，很和諧，仔細一點的話，我們會看到女子的頭髮上有許多髮簪和梳子，額前貼了花黃。我們還會知道，畫家的名字據說是張萱。這位畫家還畫過很著名的《虢國夫人游春圖》卷，畫的馬匹極有神采，輕輕幾筆，好像一點兒也不費力。看過張萱的畫，我們也許還會找些唐代畫家的作品來看，譬如，因此知道另一位畫《簪花仕女圖》的周昉，畫的女子真是美麗。

《搗練圖》

《搗練圖》（局部）

每個人看畫都各有看法。但看看別人的看法，可以開闊我們的眼界。我剛好看到一個外國人對《搗練圖》的另一種看法，就把他的意思寫下來給大家參考。他說，圖中四名女子站立的位置和方向處理得非常細緻。四個人中，有三個舉起了木杵，三人面向一個中心點，形成一個三角形。旁邊的女子似乎落單了。才不呢，她正在用左手捲起右手的衣袖，準備參加工作，一支木杵正靠在肩上。於是，這名女子不再是局外人。她們的黑色高髻很清晰地組成一個平行四邊形，其中，綠裙女子成為一對，彩衣女子成為另一對，佈局嚴謹緊密。這位外國學者告訴我們的，不是《搗練圖》畫了甚麼，而是怎麼畫。一幅畫，說明它畫了些甚麼，那是看圖辨物的做法；年代久遠了，也可以借來幫助考古。可是真要評鑒畫、評鑒小說，要說的其實應該是它的美學。

唐代離我們至少千多年，那時候的天文學，還沒有行星環繞恆星旋轉的日心說，但是，我國早有許多歌唱月亮的詩篇了，月有陰晴圓缺居然已經出現在圖畫裏。圖中四名女子，左起第一人面向我們，眉目盡顯，她身旁的女子卻是側身站立，只露出半邊右臉。站在遠處的女子背對着我們，她的臉朝向內部空間而隱匿了。她旁邊的第四名女子又面向我們了，露出大半張臉。整個設計，在她們四人所圍繞的圓心彷彿有一個月亮在照射，形成了我們眼中所見的陰晴圓缺。熨練女子也呈現同樣的情形。如果打開西方古畫來看，圍着一張桌子坐的人，他們的臉和頭常常會一律朝畫外看，完全不合邏輯，十分古怪。

能夠指出《搗練圖》畫師這麼高超技藝的人很不簡單。當然，因為他是著名的德裔藝術史家阿恩海姆（Rudolf Arnheim, 1904-2007）。不過，名家也會有犯錯的時候吧，他把《搗練圖》地上的事物、眾女子圍着的事物誤稱為桌子。其實，那是個石槽，內有水。搗練怎會把絲帛織品放在桌子上乾搗呢。他沒有搞清楚唐人搗練的做法，不過，瑕並不掩瑜。

過去，有人對《搗練圖》提出過另一種特別的看法，那是「組合式」：從畫的左右兩端平行出發，然後在中間會合，那不一定是畫的高潮，卻是整個敘事最後的結果。《搗練圖》中右端是捶搗，左端是熨平，中間則是縫衣。這看法才合乎敘事的邏輯，要觀者靈活變通地重新組合，所以《搗練圖》不是順敘的連環圖。敦煌石窟佛畫說故事就常用這種技巧。這方法，也許可以借來寫小說。

唐代女子一年四季都有不同的活動：春天去遊春，騎馬到郊外馳騁；夏天則在室內佳人倦繡；冬日尋梅，踏雪到山中；秋天當然就忙於搗練了。正是「長安一片月，萬戶搗衣聲」。古代婦女搗練、縫衣，可能是由於家中有男性遠出戍邊，趁在寒冷的嚴冬前把衣物送到親人手中。至於圖畫中人的衣飾那麼雍容華麗，也許她們都是城內少府監、織染署、掖庭局等絲綢作坊的技工吧。

如今在內地的水鄉，仍然可以看到女子在河邊洗衣服，用木桿大力搗衣，像甚麼呢？打小人。

宮娥

自從福柯在《詞與物》開卷提到十七世紀西班牙畫家委拉斯凱茲（Diego Velázquez, 1599-1660）的作品《宮娥》（*Las Meninas*, 1656），這幅畫就重新引人注目。它的確是一幅很有趣、挺奇異、蠻不尋常的傑作。《宮娥》原名為《菲力四世的家庭》，出現的人物有畫家本人，他手持畫筆和顏色板，站在一幅十英尺高的畫板前面，面對觀眾。我們看畫，畫裏繪畫的人也在看我們，看同時被看。畫的正中，是五歲的小公主瑪格麗特·杜麗莎，身穿淺色明亮的華衣，成為全畫的聚光點。她的身邊，一左一右，是兩名貼身宮娥，一個在向人行禮，一個捧着茶點給公主。畫的前景是兩名侏儒，年長的是小丑貝都薩托，另一侏儒用腳踏在狗背上。中景的二人是內廷朝臣薩米昂特夫人與尼艾托。最遠處正中一小門打開，讓我們透透氣的，是一個站在樓梯上的內侍。畫中共有九個人，都是王室上下日常生活在一起的人。

其實，國王和皇后瑪麗安娜也在場，他們恰恰站在（或坐在）這群人的對面。何以見得？因為他們出現在遠景那扇格子餅似的門旁邊的鏡子裏。在這麼寬闊掛了許多畫作的畫室內，掛了一面如此簡陋的小鏡子，多麼奇怪呀。看看十四世紀凡・艾克的《阿諾芬尼的婚禮》牆上的鏡子，就知道鏡子是多麼珍罕的東西。居然把國王和皇后尊貴的影像嵌在那麼庸陋的鏡框裏。

國王和皇后來到畫室也許有一段時間了，不然的話，大狗為甚麼那麼靜靜地躺着呢，應該搖頭擺尾熱情地歡迎。國王和皇后到畫室來，是讓畫家為他們畫肖像麼？畫着畫着，小公主進來了，於是引起一陣哄動，見禮啦、停筆啦、玩狗啦，等等。或者，不是這樣，而是一開始就是小公主先來到畫室，由畫家替她畫像，畫了一陣，國王和皇后經過，進來，一切又浮動起來。宮廷的前因後果，我們不知道。

畫家到底在畫誰？畫小公主，畫宮娥？何以改名《宮娥》？我們不知道，都畫了。左邊那高大的畫板，我們只看見它的側背面。從畫裏眾人的視線所見，他們

《宮娥》

都朝畫外的同一目標觀看，他們看見的正是畫內不出場，卻在鏡子內顯示在場的人物，那是國王和皇后。其實，我們看漏了另外一個人，一個隱含的人，他明明在場，但我們看不見。他是繪畫他們的畫家？他不是在後排左邊？那麼，他是誰？如果畫中的鏡子夠大，我們或者會見到他。算了，在十七世紀，那個人是不可能出現的，我們只能稱之為幽靈。

菲力四世的家庭，在這幅畫中少了小王子菲力·普羅斯佩爾，原來小王子還沒有誕生哩。不過，後來，委拉斯凱茲也替兩歲的小王子畫了肖像。那畫真是美麗，畫中充滿深淺不同的紅色，從波斯地毯到天鵝絨座椅，到帷幕，到孩子的鑲金緞帶的紅衣，到圓潤的面頰，可愛極了。孩子眉清目秀，和他的姐姐一模一樣；穿上衣裙，腰際懸垂鈴鐺，走起路來，一定玎玎璫璫。靠背椅中的狗，在十九世紀巴黎印象主義的奠基人都加以讚賞，認為比《阿諾芬尼的婚禮》中的狗畫得更好，藝評史家貢布里希這樣告訴我們。除了人，另有一物原本不在場：畫家胸前紅色的騎士勳章，那是皇家聖地牙哥十字勳章，《宮娥》完成後兩年，由國王頒給畫家。所以，勳章是後來加在畫上的。

有些畫可以不斷重看，也可以不斷重畫。《宮娥》就是了。許許多多名家重畫過，重新演繹。畢加索畫過，據說畫了五六十幅之多，他把原作一再拆解、簡化，但他始終沒有忘記畫中遠處的內侍。至於達利，索性把《宮娥》變成數字，一、二、三……對了，九個，小公主是八，畫家是七，在門口的內侍，怎麼又是七。達利不可能數錯，是他以為站在門口透視消失點的人，其實也是畫家自己？

至於我，我覺得這畫另有一個不在場的超現實幽靈，他站在國王伉儷附近或者背後，手持一台十七世紀還沒發明的攝影機，咔嚓一聲，攝下如今我們看到的《宮娥》。到了當代，繪畫真的和電影結合，美國的埃芙·薩斯曼（Eve Sussman, 1961- ）在二〇〇四年把《菲力四世的家庭》拍成錄像，名為《城堡中的八十九秒》（*89 Seconds at Alcázar*），二十世紀的鏡頭探進了西班牙的宮殿，彷彿偷窺這些人現實的生活。

委拉斯凱茲前後為小公主畫了四幅單人肖像。她十五歲政治成婚，六年來生了六個孩子，多次流產，二十一歲就去世了。看其中一幅吧，所有人包括小公主轉移了臉面，那隻大狗，剛好翻過身來，只有牠睡得正甜。

畢加索《宮娥》

畢加索《宮娥》

達利《宮娥》

牆毯

巴黎的國立中世紀博物館，本名叫克魯尼博物館（Cluny Museum），是我很喜歡的博物館。因為館藏中有極為珍罕的鎮館之寶，名為《美女與獨角獸》。這件作品所以著名，因為它是中世紀三大織繡品之一。其他兩件，一是《拜耶壁織》，另一是西西里島諾曼王朝國王登基時的披風。《拜耶壁織》因藏館稍僻，我還沒來得及去。國王披肩則藏於維也納藝術史博物館，我在館內找了很久，沒有找到，後來去請問職員，才知作品改在對面的羅夫堡中展出，當時已是傍晚六時，沒法趕去，雖然羅夫堡只在藝術史博物館對面，只能怪自己花過多的時間出席布勒哲爾畫中的婚宴。

中世紀多古堡，古堡都建在山上，也多數傍海，堡內到處石壁，幽暗陰冷，所以其中的飾物以掛毯最受歡迎。掛毯可以調節堡內的溫度，又是織出來的圖畫，最適合室內冷冰冰的黑牆。一八四四年，喬治桑女士來到保沙城堡，位於一座不出名的小鎮，發現堡內居然掛着六幅極漂亮的壁織，它們就是《美女與獨角獸》。由於經年掛在潮濕的古堡裏，沒人理會，有些掛毯的毯腳已褪色潰爛，喬治桑於是立即展開救災行動，結果，協助的作家還有里爾克、高克多。三十九年後，這件作品終於由 Cluny 博物館收藏。

作品是掛毯，共六幅，每一幅畫中都描述了同一的女子和一頭獨角獸，另有不同的小動物，包括鴨子、狐狸、狗、獅子、豹、猴子等。女子的服飾、髮絲，每幅不同，華麗非凡，她手觸的物件分別有六種寓意：視覺、聽覺、味覺、嗅覺、觸覺，以及慾望。據說從圖中的樹木和旗幟考據，可知和中世紀的東方有關，可能是結婚的禮物。

原本在古堡的時候，掛毯分為兩組，三幅掛在客廳，另外三幅在餐廳。轉藏博物館，它們已經聚首一堂了，呈橢圓形，全部經過修補、清潔，完美如新，甎是兩個人的高度，顏色略有褪減，但仍鮮明，有考證認為作品可能是比利時的巧匠所

《美女與獨角獸》牆毯

製；又有專家指出，女子的衣飾並非出自法國宮廷，更似是意大利的風采。無論如何，中世紀三大織品之一，這件 Tapestry 的確名不虛傳。以手工藝來比較，還勝過《拜耶壁織》。因為後者珍罕而已，精緻則不及。

其實，到如今為止，這一組掛毯背後隱藏了多少故事，藝術史家還沒弄清楚，因為藝術品本身牽涉到圖像學、歷史的淵源、中世紀的傳統等等，例如：掛毯只有六幅嗎？或者是八幅呢，因為據稱保沙城堡出售時，移走過不少掛毯，有的還裁開來包紮鋼琴。

為甚麼所有中世紀的掛毯都滿佈花朵，不留白呢？留白是中國水墨畫的特色，西方油畫總是填得滿滿的，而那些掛毯呢，另有一名字是「千花掛毯」。獨角獸在中世紀的故事中到底代表甚麼，為甚麼遭到獵殺，又為甚麼牠們對少女特別溫柔友善？帶月亮的旗幟是哪一個國家？諸如此類的問題，反而是留白，讓有興趣的專家去尋味了。

而我，只看精緻的手工藝已經覺得美不勝收，那麼多奇異的花朵和樹木，那麼多真實與虛構的動物，已覺是非常難得的圖畫。我在博物館買了幾個椅枕，回家佈置一個小小的花園。

《美女與獨角獸》椅枕

幸福的建築

讀阿蘭·德波頓（Alain de Botton）的《幸福的建築》（*The Architecture of Happiness*）一書完全是因為書名吸引。Happiness 原本指快樂，但我想他的意思其實是說幸福。我想知道甚麼是幸福的建築。幸福，據我了解，是一種感覺滿足的心理，是比較恆久的快樂。快樂，則是短暫的幸福。

德波頓這本二百多頁的書，附有許多著名建築的圖片，從希臘的巴特農神廟到二十世紀的後現代建築，各式各樣甚麼羅馬、巴洛克、哥特式、現代式都提到了，結果並沒有指出甚麼是幸福的建築。因為，對於幸福的感覺，每人的體會都不相同。

其實，建築本身是無所謂幸福的，這方面全世界的建築物都是沉默的。難道故宮的乾清宮會因為是皇帝的寢宮，很有氣派很有威嚴，就說自己很幸福？看客呢，看到例如高迪的巴特羅之家、米拉之家，會悅目賞心，有趣、好玩，於是感覺快樂。可是，他很難說，呵，這是兩座幸福的建築；高迪建築的，都是幸福的建築。當然，我們可以說，高迪是個幸福的建築家，因為他一生能夠為自己喜歡的、堅信的東西工作。他生活簡樸，衣衫襤褸，一天清晨，被電車撞倒，路人還以為他是個無家可歸的流浪漢。

建築是否幸福，真正有資格評論的人還是住在其中的主人吧，例如，香港的禮賓府，幸福與否，應該由以前的港督和後來的特首等住客去評論。可這麼一來，幸福感就牽涉其他複雜的物事了，譬如說，年輕人工作十年，要是仍然不能支付三四百呎房子的首期，如果他們因為這個以及其他的原因，並不認為這是個幸福的城市，你自己住在那麼的一座豪宅，又是否會住得舒服？無論港督和特首似乎從來沒有公開對禮賓府的意見。也許是有的吧，不然，禮賓府為甚麼總有這裏建一個魚池、那裏又造一個花圃的工程呢，有時又開放給市民參觀，儘管他們誰也不能恆久地擁有，那裏可不是他們的物業。

德波頓沒有在書中指出甚麼是幸福的建築，只在序言中說：當我們稱讚一把椅子或一幢屋子「美」時，我們其實是在說我們喜歡這把椅子、這幢房子，是它向我們提供的那種生活方式。它具有一種吸引我們的「性情」。是的，房子的確是有性情的，那是宿主個性的延長。所以，德波頓認為，人總是在住所中不斷加以裝潢，以配合時尚和風格、新的科技發明，以及自己的趣味。有時，又是為了建立某種形象。因此，僭建的心態可以理解，只是違法卻不能鼓勵。

塵世間，幸福的建築是不能單靠建築師一己之力完成的，還是得加上宿主的創作。的確，即使是皇帝乾隆，在芸芸豪宅裏，也另外營建了一個三希堂，相比之下，這是多麼小的空間呢，卻成為他最喜歡的角落。其實，任何人在任何角落，都可以營造一個屬於自己的幸福空間，那裏有你喜愛而不願捨離的事物，滿佈你自己的指紋，這樣的建築，才稱得上幸福，哪怕是狗窩。因為愛護，建築彷彿不再沉默了，它會流露出幸福的神情。

德波頓的書非常奇怪，全書分為六章，每一章起首的標題都用了一幅大大的攝影照片，幅幅不同，內容是一幢建築物的走廊、樓梯轉角、門和把手、房間的門口，樓下大門和另一玻璃門，顯然是來自同一幢建築物，不過打散了。為甚麼取用這樣的六幅圖片？書中圖片眾多，每一幅都有說明，這些卻一字不提。啊，這個德波頓，真是個愛和讀者捉迷藏的人了。

我恰恰認得這六幅沒有說明的圖片，因為那是我參觀過的一所很特別的屋子，在維也納，建築設計師是恩格曼，投資者是哲學家維根斯坦。房子是他送給二姐瑪格列特的禮物，花了三年建成。我們都知道，維根斯坦雖富有，但自奉節儉，生活簡樸，居住在小房子，家具只一床一桌一椅而已。他要建房子，合作的建築師也是認為「裝飾是罪惡」的人物，反對當時各種華麗花巧的建築。這屋子體現了他們的信念：沒有甚麼前廊、後院、遊廊、花園、雕像或噴泉；沒有噴水獸、聖女、使徒的人像；也不用希臘、羅馬各種柱式，一切簡約。材料只是磚石、玻璃和銅鐵，窗子頂上連眉簷也欠奉。然後化整為零，出現在一本稱為《幸福的建築》的書上。

德波頓也許在暗喻，幸福就寄寓在這六幅攝影裏？幸福與華麗、權勢無關，那是人生活、思想的地方，屋內一椅一桌，要和諧地、合情合理地結合宿主的個性。

所謂天人合一，我想大概也是這麼一回事。

維根斯坦的屋子

西西參觀恩格曼為維根斯坦設計的房子

Façade

當我們塗鴉，就隨意畫一座房子吧，我們多數會畫一座鄉間小茅屋：四方形，「人」字屋頂，有一個煙囪，屋頂下連着四幅牆。面向我們的一幅牆上，有兩個窗和一扇門。很少房子是圓形的，也很少房子是三角形，或者六角形、五角形。事實上，因為四方形的房子比較容易建造。正方形的房子也是很少的，大多數的房子都是長方形。也就是房子有兩幅牆長些，另外兩幅短些，兩兩相對。

長方形的房子因為有四幅或長或短的牆，這就有了分別。從門口進入的一邊往往成了正面，它對面的那幅也許有一道後門，成為背面。至於其他兩幅，則是側面。所有的牆都是直立在地面上的，所以，一座房子就有了四個立面，東南西北各一。

面，就是臉。房子有臉，其實和人一樣。我們的臉其實也是四方形的，可以分為前面、背面和側面，所不同的是，人的側面是很窄很窄的。人有一張臉，上有眼睛和嘴巴，這可不就和房子一般麼，房子有窗子和門，功能也完全相同，主管觀看和進入。

四方形有四個立面，因為位置不同，長短不同，功用不同，裝飾更加不同，就有了不同的名稱。在我們中國，四幅牆就是正面、背面、側面，但在西方，出現一個特別的字，叫做Façade，來自法文，讀「發紗」，意思是正立面、主立面，或者外立面，指的是房子最主要的立面，彷彿是人的臉孔，人們都以正立面的模樣和裝飾來識別建築。事實上，正立面也是一座建築物裝飾得最漂亮的一幅牆。例如巴黎聖母院、米蘭大教堂這些上帝的房子，正立面上有玫瑰花窗、許多天使雕刻等等，那幅牆既是建築物的主要入口，又是最美麗的立面，所以成為各立面中最主要也最重要的一面，被選為正立面。

有趣的是，西方這些美麗的正立面，往往只是建築物中較窄的一面牆，也就是說，在長方形的四幅牆中，正立面的那幅卻是位於短窄的一邊。想想澳門大三巴好了，大三巴本是一座教堂，被火焚毀後剩下一幅牆，像一座牌坊。我們可以在牌坊內側看到教堂原來留在地上的遺跡，知道大三巴只是教堂的正立面，是四方形中窄的一端，教堂原來很深，兩幅側牆都很長。

西方建築有正立面，正立面大多設在四方形的窄端，是甚麼原因呢？我們如果去旅行，可以見到荷蘭運河上的房子，或者威尼斯面河的房子，一座座都有美麗的正立面，立面並不闊。為甚麼正立面不設在闊牆的一邊呢？原來，運河上的房子，是有寬闊的牆的，因為土地的限制，面河的一邊只能安放窄牆，不得不把闊牆設在另一個方向。但河是人來人往的地方，一座房子，例如教堂，或者商店，必須吸引過客，唯一的方法只有把漂亮的正立面移到窄牆上。正立面，面具而已，要面對廣闊的空間、最多的群眾。

西方建築的正立面總是開在人多密集、商業繁忙的地點，我們也總是在布拉格、布魯塞爾等廣場，見到四周環佈美麗的正立面房子，是的，都位於整座房子的窄牆一邊。如果我們走到那些房子的側面去看，就會為之驚艷，另一邊的牆體原來很長很長。

我們可能不知道，中國的大屋頂建築是沒有正立面的。以紫禁城的宮殿來說，只有正面、背面和兩個側面，沒有正立面。故宮的宮殿，只有寬闊開朗的正面，不必另設名目。西方建築的正立面，其實是一幅窄牆，這種牆，我國建築書上有個名稱，叫做山牆。山牆並不很重要，只着眼它的防火功能，並不依賴它來吸引過客。在寬闊的牆面上，我們注意的是闊度，重視面闊，愈闊就愈有面子。兩條柱闊的空隙是為一間，十條柱就形成面闊九間，這是帝王的居所。想來大屋頂的房子先天擁有大面積的視野，何需營造正立面呢。

我們靈長目，包括長臂猿、大猩猩、懶猴等等，和紫禁城大屋頂的建築一般，視野遼闊，也沒有正立面，只有正面背面側面；反而花貓、花豹、老虎等四腳動物有點像正立面，連接着的是長長的身體，然後是後足和尾巴。我做猿猴布偶時就有此體會。看看大塊頭的犀牛、河馬、大象，牠們的正立面豈不既獨特又漂亮？我看中環兩座結鄰的銀行建築物，中銀有正立面，而滙豐則沒有。

近讀趙辰《「立面」的誤會》，一本很好的談建築的書，寫下這些。

西西手製的猿猴布偶

品味

古城的年輕朋友說：如今我們的生活水平提高了，所以，我們開始講究品味了。也許是這個原因，她親自駕車，帶朋友和我去參觀散花書院。「散花」是幾家店鋪的總稱，家家不同，有的專賣書，叫做「散花書屋」；有的專喝茶，叫做「散花書苑」；有的又是茶室，又是書店，叫做「散花書院」。我們到的地方是後者。獨立的房子，不在商廈內，樓下是書店，樓上是茶室。說是書店恐怕並不準確，店內的書本不多，分別豎直排列，不過十來排而已，而且大多排在水平之下的書架，攤在展示台上的也不多。陳列的反而是陶器、瓷器、木器，牆上掛滿了書畫，倒像畫廊甚麼的。這廂有些碑帖，那邊又擺着科幻名家的全集，很適合喝茶的人下來散散步。

店鋪很出眾，一塵不染，寧靜清幽，佈置精簡，陳設物品無一不雅緻。雖不是名副其實的書店，卻是一家優質的精品店，而且的確有一種清滌財大氣粗的書卷氣。而且，它還有我喜歡的東西。展示的物件以青瓷最漂亮。杯、碟、碗、瓶都設計得有巧思有特色，似乎適合整套整套買才好。可這麼一來，我就有難了。還是選些零散的小品吧。見到好看的書籤，木書籤比較少見，而且是刻有花紋的，排成一行，彷彿古典建築的槅扇，何況還垂一顆土耳其藍的珠子。咦，早上逛杜甫草堂時在園內的涼亭中買的，正是這些。原來散花也散入詩人的園林裏。

書籤旁邊另有一盒木雕，小小的正方形，我覺得是杯墊，真是美麗的製作，我一看就喜歡了，木片上刻的原來是建築上才出現的門窗櫺條組成的花格圖案，如今到故宮或園林去遊玩還可看到。以前的亭台樓閣，除了承重牆外，遮風擋雨的外牆，都是木板，最華麗的就是槅扇，下幅是檻板，上幅就是櫺條，而櫺條可以組成多姿多采的圖案。一盒杯墊共有四片，我仔細看看，花紋都認得，它們是較簡單的古老錢菱花、雙交四椀聯套紋，甚複雜的三交六椀菱花和拐子紋正搭斜交卍字紋。太難得了。這麼漂亮的杯墊，怎麼捨得用來墊熱茶杯。

才轉個彎，我又見到有趣的事物了，這次是扇子。在扇子中，我喜歡團扇，圓圓的一把，古代的女子，都用團扇半遮臉，或者用來撲蝴蝶、逐流螢。詩裏寫團扇的多，至於摺扇，雖有檀香扇，那麼重，很煞風景；而羽毛扇，似乎只適合舞蹈用。看看唐代的宮廷女子，拿着一把大扇子，依然是很輕盈的。散花做的團扇，用的材料很好，扇骨是竹，扇面是布。看得出手柄選了有竹節的段落，連接分散的竹籤，難度相當高。扇面雖是花布，卻不是一般的印刷品，而是經過設計，用紮染的布再加工繪成，所以可以每一把的圖像不一樣，或像竹或像綻開的花，不落俗套。設色也大膽，黃配綠，紅配黑，鮮艷奪目，才三十多元一把。紮染的藍布扇更美不勝收。

還有一把扇，卻是絹面，繡了一顆蓮蓬，用的可是我國著名的雙面繡。以前見過的雙面繡，只是擺設，如今卻是把日用品與手工藝融合一體，不能不說是設計的新生。

我們現在都講究品味了。可喜可賀，有了品味，大家又能立品，那味道才出來。

西西收藏的木製書籤和杯墊

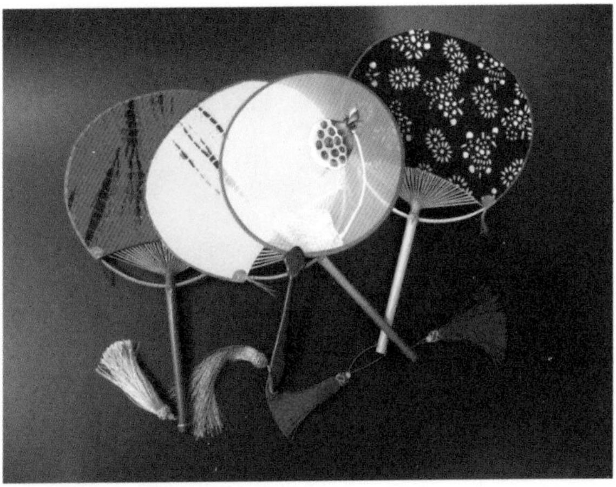

西西喜歡的團扇

克林姆的畫

在禮品店買迪加的《十四歲的舞者》時，櫥窗內有另一件同樣大小、格調相近的雕像，是克林姆（Gustav Klimt, 1862-1918）的名作《吻》。那是一件很受歡迎的雕像，一對戀人擁抱着親吻，據説是畫家自己的寫照。作為情人節的禮物，真是太適合了。仿製品不但有畫、有雕塑，材料也有陶瓷和塑膠。這件作品，放在家中不佔空間，價格也不算貴，那麼，買不買呢？

我沒有買。為甚麼不買？想買一件物品，總得喜歡才是，而克林姆的作品我不太喜歡。維根斯坦的姐姐結婚時，富有的維根斯坦老先生曾請克林姆為女兒繪畫，畫家畫了，她穿着白色的婚紗。新娘子並不喜歡這畫，把它束諸高閣。克林姆是維也納人，除了繪畫風景，他畫了許多肖像，絕大多數是女子，也大多數是受贊助人的聘約，裸露的，當時很受非議；穿衣的，可都是當時美麗的時裝。他的肖像畫都是畫上整個人，從頭畫到腳，但畫中的人呢，在衣服裏往往只露出一個頭、兩隻手。衣服都是獨一無二的時尚，非常華麗、浮誇，閃閃生光，佔了畫的百分之九十以上。衣服不但是精心設計的晚禮服，宴會裝扮，園遊會那種飄逸、輕盈的狀態之外，還凸顯了衣料本身獨特的質地，或紗紡或縐褶，或透視的感覺，以及布料上的異彩、圖案和紋樣。

這樣奇異的畫面當然和生活有關了。十九世紀末維也納的上流社會圈子是怎樣的？那是女性主義風起雲湧的時代，在富裕之家，有才華的女性當然不會願意安安靜靜地當賢妻良母，而喜歡在家中的沙龍招呼朋友，展示才藝。沙龍中可以結識當時的藝術家，像里爾克、穆齊爾（Robert Musil），畫家柯柯希加（Kokoschka）、克林姆，建築師路斯，音樂家荀貝格（Arnold Schönberg）等等。她們組織了維也納婦女俱樂部，會員中才女多得很，包括時裝設計師、布藝設計師、珠寶製作專家等等。她們彼此交流，也互相合作。正是這樣，克林姆結識了一群女藝術家，其中不乏成為他終身的友伴，一起設計衣料、時裝和珠寶首飾。每次有新衣製成，穿上

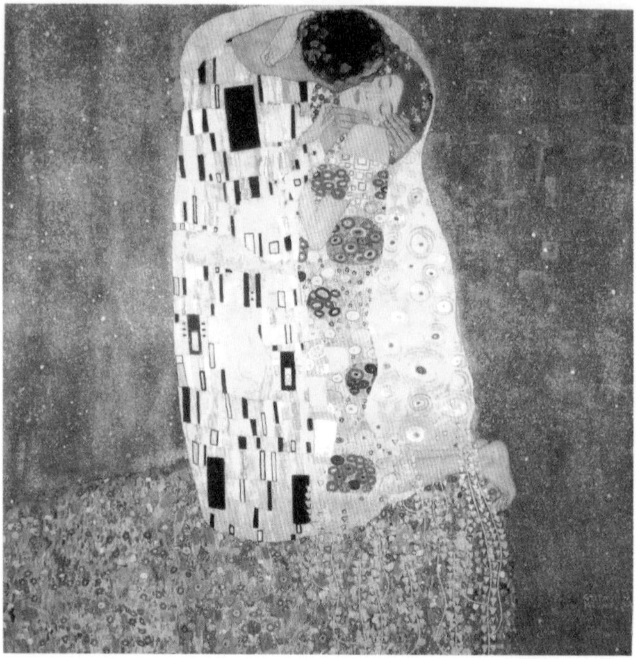

克林姆《吻》

身，克林姆都樂於為她們造像。事實上，畫家自己也喜歡東方的衣裳，他常常穿長袍，由頸項開始，寬闊的布衣垂直散開，直垂到腳面，而他的女友之一，還會穿一襲他收藏的中國清朝的龍袍。

影響克林姆最深的除了東方和古埃及的壁畫，是公元六世紀時的馬賽克鑲嵌作品，尤其是在意大利拉文納（Ravenna）的聖維塔教堂（Basilica di San Vitale）中最著名的鑲嵌壁畫《迪奧杜拉皇后和她的隨從》。壁畫中皇后向教會獻上金杯，內藏黃金、乳香和沒藥，當然是向基督奉獻的。此壁畫是中世紀的名作，因為全畫由彩石鑲嵌，眾色閃爍，一片光彩，尤其畫中的隨從，個個衣飾斑斕，美不可言。每一件衣服都是由項頸披上，直垂地面，滿身都是精緻的圖案和紋樣。雖由石頭嵌成，卻砌出輕盈的質感，薄紗一般飄浮，層層疊疊，衣衫之外又披上斗篷或披肩，各人都珠寶滿綴，華麗非凡。這種風采，克林姆都挪來繪在他的畫面上了。

所不同的，是衣料上的圖案。古壁畫上的圖形都是微細的花卉，落英繽紛似的，畫家另有他心目中的寵物：他偏愛古埃及的幾何形圖案，尤其是埃及繪畫中的眼睛。於是，在這位畫者的作品中，我們就目睹了許多許多埃及的眼睛，從幾何圖形中向外張望，而且是一片金光燦燦的場景。此外，畫者也不忘各種珠寶飾物的陪襯，總是令人看到目眩為止。

克林姆是畫家，不是雕塑家，他的畫充滿鑲嵌的趣味，但鑲嵌是三維的，也就是立體的，由切割面反射動態的光芒，達成變幻的色彩；而他的畫面是二維的、平面的，所有的光彩已經固定，雖然輝煌，並無動感。其實，由畫變成雕像的《吻》還是不錯的，因為它又從平面的畫變身為立體的雕像，光線折射在作品上又回復了變換的動態。

我為甚麼不太喜歡克林姆的畫？打一個比喻吧。如果我想到紫禁城去看宏偉的佈局、大屋頂，導遊只帶我看樑柱上的彩畫，那我就會很失望。

年畫

以往過年，母親健在時，手足們都到我家來拜年。如今則改為團拜，指定日期和地點，但仍有姪女、外甥忽然來訪。佈置一下家居，打掃一下，也營造一點過年氣氛吧，就當是做一會兒運動。家中平日也算簡潔，不必大動干戈了，只把陶瓷花瓶、景泰藍花盆、糖果全盒找出來，洗抹一新，買些水仙回來，已經可以。

以前過年，買過一些月曆啦、繡花的畫兒啦，有的還可以用，還是打開抽屜和雜物箱找找，竟翻出一卷年畫，正適合掛一個春節，把聖誕節掛的聖母與聖子海報換下來。年畫是中國傳統的民間藝術，全國風行，鄉間大概還有不少，城市坊間卻少見了。年畫大抵分兩類：一種是喜慶吉祥類，印了專為過年貼的；另一種則是戲齣年畫，內容都是以舞台傳統的戲繪畫的，也可以貼在牆上。如今卻是印成書本觀賞的多。例如台灣漢聲出版的上、下兩冊《戲齣年畫》，非常精彩漂亮的書，由吾友古蒼梧和陳輝揚當正副編輯，採訪並編寫，我愛不釋手。

書本裏的年畫當然不能剪下來貼在牆上，也捨不得剪下，但從抽屜裏找出來的，因為一幅幅都是單張，而且都是大掛曆那樣的面積，內容又是仙女、仙童等，上面還印有寓意吉祥的字眼：天女散花、連年有餘、喜報三元、招財童子至、利市仙官來，意思意思，最宜張貼。幾幅年畫以前一直沒有掛過，大概因為圖畫印在宣紙上，直接糊貼上牆豈不毀了，應該用鏡框鑲起來才對。沒有去配鏡框拖延了許多日子，還是先拍了照再做。

中國貼年畫的習俗也許在唐朝就開始了吧，因為傳說唐太宗時宮中鬧鬼，皇帝就派秦叔寶和尉遲恭兩員大將，一人持劍，一人持叉，守在身邊。後來才畫成畫像貼在宮門上，成為門神。宋代之後有了雕版印刷，最著名的當然是天津的楊柳青、蘇州的桃花塢、山東濰坊的楊家埠，以及河南的朱仙鎮。其他的還有四川綿竹、山西臨汾等，廣東佛山也榜上有名。

木版年畫的製作分為四個工序：首先是起稿，用柳枝木炭、香灰等畫形狀，修改後用毛筆畫線描成，稱為「朽稿」；次為雕刻木版，先刻線版，再刻色版，材料用棠梨木；第三道工序是手工印刷，顏色自製，黑色用竹葉，紅色用紅花或蘇木，綠色用國槐豆，黃色用黃槐花蕾，紫色用洋藍；最後是用烘貨點胭，是在木版年畫印完後再經手工描繪、潤色。

年畫做得好不好，就看畫工，套色要看顏色有沒有溢出，配襯是否和諧。畫中的花卉和動物都是點睛的東西。石榴和蟾蜍多出眾哦。如果讓我選，我會說，最好看的是三元報喜童子臉上的胭脂，也就是最後的工序點胭。當然，也得要先有那麼大片的光臉才能點上那麼大朵的粉紅胭脂。

每逢佳節，自幼父母就為我們營造過節的氛圍，哪怕是艱難的日子，打仗、走難，希望如今年輕的父母，別輕視傳統的節日，這是文化價值的最佳教育，也讓兒女留下一家人溫暖的記憶。

天女散花

連年有餘

喜報三元

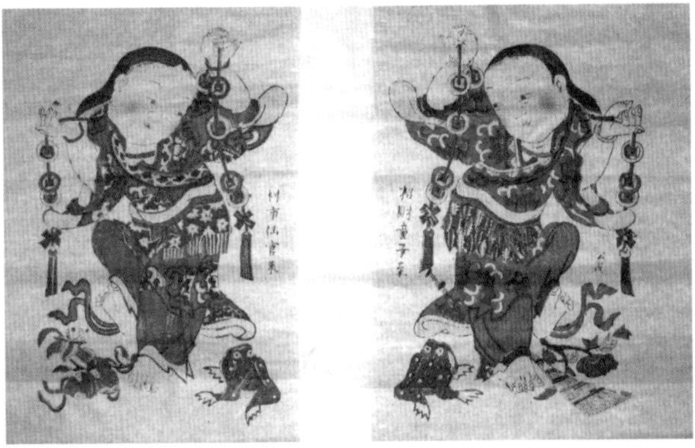

招財童子至、利市仙官來

波斯地毯

參加伊朗旅行團的那一年，真是高興得不得了。既然是參團，就不必做功課設計行程、訂酒店等等的工作。可因為伊朗是當時很難得去的地方，所以還是去找書看，而且計劃到了這個國家該帶些甚麼紀念品回家。經過再三思考，伊朗是古波斯，有甚麼值得帶的紀念品？當然是波斯地毯了。地毯是總稱，有的是可以掛的。

波斯地毯當然得有波斯的特色，和土耳其、摩洛哥、敘利亞或東歐的地毯雖然有些很相似，其實是不一樣的。事實上，許多國家的地毯，正中有一個大大的圓飾物，像個大獎章，旁邊則是藤蔓纏繞，這種名為Medallion的模式可是世界風行，到處都有。我想，圓飾型的地毯，還是別去碰的好，應該選一些波斯獨特的設計。

那麼，波斯自己有些甚麼特別的、與眾不同的紋樣呢？有幾類：一類是瓶花。就是畫團中心是一個大肚子花瓶，瓶內插滿花朵，其他空白地方或會加上飛鳥。這類 vase 型的作品多半是絲織品，面積相對比較小，屬於精緻的祈禱用毯，最適宜掛在牆上。另一類是波斯特有的狩獵圖，圖內有獵者騎在馬上追逐獵物，場景位於大草原，圖中不但有各種飛奔的動物，還畫滿花樹和飛鳥。第三類是比較少見的波斯花園。波斯花園與中國、英國和法國都不相同。中國花園喜歡小橋流水、假山秀石、亭台樓閣，曲水流觴；英國則崇尚自然，花園都充滿野趣；法國則講究構圖，法度森嚴，雕像、花台、噴泉都有板有眼。波斯完全是另一類。波斯的花園裏有阡陌縱橫的河道，河邊是低矮的花卉，到處綠茵和樹木，流水潺潺，流向寬闊的水池，池水聚為鏡子，倒映中是通透的樓台，幽雅寧靜，小動物不時出沒，一切影影綽綽。後來伊朗的導遊招待我們到他的家去，在客廳鋪了一張大地毯，足有二三百呎，上面是大小花園、各種走獸、獵人，繁密、美麗，我們即使脫了鞋，也不好意思踩在上面。

我決定去找波斯人自己的地毯。那些日子，我是地毯迷。我在土耳其買過地毯了，也在摩洛哥買過，所以對甚麼是地毯算有了一點認識。在伊斯坦堡，當然是買

瓶花紋樣的波斯地毯

狩獵圖

當地的出品。我買的是一幅祈禱毯，織的是清真寺的圖案，畫面分為二十等份，每格為一座清真寺，寺內有一棵生命樹，共有許多色彩，兩米長、一米闊，羊毛和棉紗混合。這是我最喜歡的一幅毯，我一掛三十多年，老的是人，而不是毯，經過防蟲低燃處理，還可掛至少一百年。而只售四十美元，真便宜極了，當年折合土幣，是一萬五里拉。我以為記憶有誤，翻出證書，的確是四十美元。當然，貴了也買不起。朋友辛其氏也買了一幅，每次上她家，特別有親切感。

毯是珍貴的手工藝品，整幅毯是由一個一個繩結織成的，在經線和緯線交叉的位置，用短線打上結，繫緊，切斷，再繫。試試請童子軍來打繩結吧，打一個容易，打十個、一百個、一千個呢，手也痛了吧；而毯，一行要打上數十個結，一百行打數千個結。毯上的結，常常以萬字計算，即使兩個人一起操作，也要幾個月才能完工。

買地毯最好到地毯國，除了價格便宜、樣品多，而且一定有出世紙。這出世紙是質料的保證，標示產品的出生地點、材料、價格、年份，好的作品，還會升值哩。每一幅都是珍貴的收藏品，該好好保護和珍惜，不要曬太陽，以免褪色；不要掛近廚房，最好遠離餐桌，以免吸滿食味和煙味。黃梅雨的季節、霧多的月份，別把毯掛出來。收藏時，該用一個文具店可買到的硬紙長形圓筒，本是藏畫和紙卷等，適合移來別用，只消放在地毯的末端，把毯捲起，成為厚圓形就成，再用棉布包裹，兩頭用繩紮緊，平放在書架頂最適合。平日可用小型吸塵機清理，仍不放心，可以送去專門店乾洗。

當然並非所有的毯都可以掛上牆，能掛的一類都是分高低兩端，低端垂流蘇，高端呈圓圈線段，像一條隧道，容一條木桿穿過，才能掛起，木桿的兩側，最好加飾物，就完美了。那麼在伊朗，我買到地毯了嗎？很幸運，三種都買到了。那時是嚴冬，還下大雪，也許是乘搭飛機時結過冰，回家時拆開，兩米乘兩米的波斯花園全濕透了，連忙打電話找地毯店來幫忙，一周後送返，安然無恙，真是險了。其實，香港是亞熱帶，不宜用毯，本來家徒四壁，也讓書架之類佔去，並沒有甚麼地方可掛，但既是粉絲，也不細思了。

朋友也湊興買了波斯地毯，卻從沒有真正掛起過。原因？地毯掛上牆的第一分鐘，有點波斯血統的花花，已經用小爪沿攀了上去，以為真可以爬進家鄉的花園去。

西西收藏的波斯地毯

海報

過去說「家徒四壁」，好像很不好，如今的新樓宇，三尖八角，四面空壁變得很難得。我是寧願不要窗台，而要有牆壁的，最好是四面壁。有了牆壁，當然就可以掛畫了。試過掛字畫，哪知道，小小的公寓單位，樓底自然低矮，又不是江南水鄉園林的廳堂，掛起字畫、對聯來，氣派十足。我在家中掛過一幅朋友送的詞〈滿江紅〉書法，非常好看，可惜，一卷字掛了起來，垂到了地板上，只好連忙收起來。那麼還是掛西洋畫吧，四四方方，小小的一幅也不錯。原來想掛畫也不容易，總得找喜歡的才行，找來找去，牆還是一片空白。結果，發現最適意的東西了，原來是海報。

去旅行時，常逛博物館、美術館，那些地方，別的東西不起眼，最多的東西是明信片，小小的一張張，擺得整幅牆都是，其次就數海報了。海報都是大大幅，雖然買起來像買布，都一米一米地買，但好處是可以捲成圓筒形，又可以放入旅行箱。海報的範圍甚廣，名畫複印版、電影宣傳、戲劇廣告，應有盡有。於是，我家牆上就不缺可掛的圖畫了。一年四季，我還可以季季轉換海報，如今牆上掛的是馬蒂斯的《紅房子》、伊朗的伊斯法罕清真寺。早一陣掛的是梵高的花卉以及荷蘭音樂鐘與管風琴博物館的館方海報。我還有許多海報，因為在梵高美術館就買了五六幅，在耶路撒冷、伯利恆又買了一些，在紐倫堡買的是一套十張的兒童玩具海報。漂亮的海報真是無處不在，而且多姿多采，比掛日曆更耐看。

有些海報是很特別的，譬如有一次在佐頓道，經過一間小店鋪，面闊約三米，飾櫥中掛了一幅約二米高、半米闊的長條子海報，內容不是風景也不是圖畫，而是站着一個人，而且是黑白二色。像這樣的海報，我後來也見過，畫中的人物是差利．卓別靈，電影打扮。但我見到的人物不是電影明星，而是當年最紅的時裝模特兒卓姬（Twiggy）。那可是披頭四、瑪麗鄺（Mary Quant）、阿哥哥風行的年代，卓姬穿的是非常漂亮的時裝，短髮，眼睛畫成熊貓一般。我一看就喜歡那幅海報，

馬蒂斯《紅房子》海報

想了一會，走進店中。那其實是一間普通鞋店，我可不是想買鞋，一進店就說想買海報。售貨員就是老闆，很爽快，說可以，二十元。

我就買了那幅海報，歡天喜地回家掛上。一天，老友衣沙貝到我家來，看見海報，立刻說：這海報，我要了。既是老友，無所謂，海報就給帶走了。為甚麼衣沙貝會特別鍾情這幅海報？我不久就明白了，原來朋友剛好買了一套新衣服，好像是瑪麗鄺的設計，非常漂亮。整套一組共四件：一件短外套，一條摺腳西裝褲，一件背心，還有一條迷你裙，玫瑰紅間灰斜紋直條，麻包絨，金鈕扣，這樣的一套衣服，連我都看呆了。朋友是衣架子，穿上完全貼身不用改，就像訂製一樣。那海報上的卓姬，穿的正是那套衣服。朋友的朋友上她家，見到大大的海報嚇了一跳，如果他們見到朋友穿着相同的衣服相信更加驚訝吧。

一年後，朋友把那套四件頭的漂亮衣服送了給我，令我也快樂得豬一般。那時我家中牆上掛的是一幅二米乘半米的胡士托大海報。

SPIELZEUGMUSEUM
NÜRNBERG
Spielzeugmuseum
Museum Lydia Baye
Karlstraße 13–1
兒童玩具海報

連環圖

連環圖是以連續的圖畫說故事，用框格分隔，基本上以圖畫為主，有前因後果，有發展，而相互關連，單看圖畫可以明白要說的事情；偶然也附有文字，但不多，就像過去的默片，有時也需要加幾句字幕。如今看有些連環圖，文字很多，繪畫成為了配圖，不看文字，恐怕就不明白畫家要說的是甚麼。那麼「文字化」的連環圖，是否要重新定位？

那麼，有沒有不那麼相連的連環圖呢？有的，我國很久以前就有一組組的連環圖了，不過，它們不是那麼故事化，而是依循一個共同的主題而畫的圖。漢代的畫像磚上的圖畫，大多數是獨立的畫幅，講的是個別的故事，但也有的是一幅大畫，內容是好幾個獨立的人物、故事，卻出現在同一的畫內，那些人似相干又不相干，走在一起，主要依賴一個共同的主題，例如《竹林七賢與榮啟期》磚畫。這幅畫，並置了八個獨立的人物，並沒有相連的故事，只畫了他們各自喝酒、彈琴、坐在地上而已。所謂七賢，是指嵇康、阮籍、山濤、向秀、劉伶、王戎、阮咸七人，都生活於魏末晉初。至於榮啟期，則是春秋時的人物，跟七賢根本不同時代。他們之所以同時出現，因為都號稱隱逸者，被稱為賢人。那個時代，名士而不肯奉承當道的權貴，就是賢人了。當然，最後有人不得不隨波逐流，也難以厚責。

七賢的政治取態、學問、思想不見得相同，這且不論。我們知道畫的是甚麼，再來看另一個問題：怎麼畫，畫家如何處理不同人物的空間分隔。畫中人有些的確一齊飲宴、唱歌，更多的時候是各自獨立地生活，現實的處境也不一樣，何況還加上一位春秋人物。如果依照如今的畫法，七個人就該各佔一個框格，成為七幅畫。

古代並無框格分隔畫幅的處理法。但畫家們有非常精妙的構思，在各位賢者的左右植樹：銀杏，楊柳，松樹，槐樹，刺桐，還有闊葉竹。樹木既美麗，又含意豐富。詩可以用氣氛、情感串連，像枯藤老樹昏鴉，畫何嘗不可以？只有一株竹樹，難怪學者質疑，竹林只是象徵。畫家是多麼聰明呀，除了用樹木分隔，還有用別的

《竹林七賢與榮啟期》磚畫

方法，像顧愷之的《女史箴圖》把一個個女子用文字分隔開，樹木引起聯想，文字則意思表達得更明晰準確。顧閎中的《韓熙載夜宴圖》呢，則用屏風。

《竹林七賢與榮啟期》是我國四世紀時的作品，到了十一世紀，用樹木來分隔連環圖的方法竟然出現在法國的一幅很長的連環圖中，怎不令人驚訝？那幅畫，名叫《貝葉掛氈》，現存法國貝葉大教堂，似乎無聲無息，雖是中世紀三大織品之一，沒有甚麼人理會。但是，最近消息突然傳出，到二〇二〇年，將會專程送往英國展覽。這幅長七十米的連環地氈畫，相信會引起一陣轟動了。

其實，如今要看這幅作品一點也不難，不必等到兩年後，只需按一按電腦就行。拜科技之賜，彩色明艷的織畫在電腦上還會移動，不到五分鐘全部播完，還可放大、停頓、局部觀看，既免費又不必勞師動眾，遠赴重洋。當然，和看足球比賽一樣，現場觀看與熒屏面對，畢竟是兩回事。

《貝葉掛氈》所以著名，因為它的內容是敘述英法兩國十一世紀時的歷史。當時，撒克遜的英王因為沒有子嗣，派遣哈洛伯爵前往通知諾曼第的威廉公爵，將來由他承繼自己的皇位。哈洛完成任務，並助威廉抗敵，受封為武士。可是愛德華駕崩後，哈洛卻自立為王，導致諾曼人和撒克遜人交戰。哈洛在黑斯廷戰役中陣亡，威廉最終登位，開啟諾曼王朝。七十米長的麻布上就以彩色的毛線繡上整段歷史事件。

這歷史連環圖，由一幅幅的圖串聯，分為五十八段。那麼，彼此之間用甚麼方法分段呢？用的竟是《竹林七賢與榮啟期》的同一物體：樹木。在每一個分段點畫上樹木，有時畫一株，有時畫兩三株。樹木也只有十三株，而且只有一種，全是細幹，彎彎曲曲，樹冠東歪西倒，有的似是多頭蛇，十分奇異。沒想到東方和西方的圖畫，相隔好幾個世紀，居然如此的親近。當然，洋畫就沒有那麼多含意了。

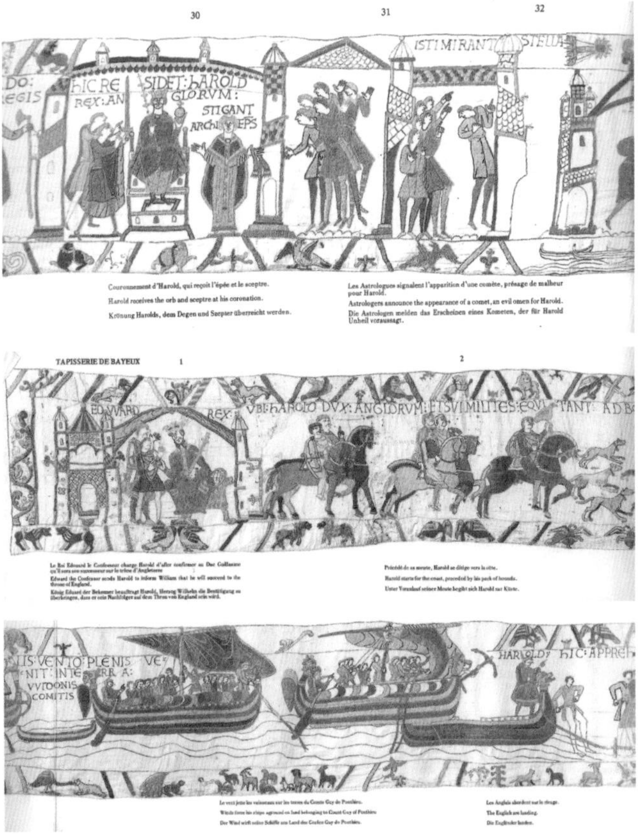
30
31
32
DO:
REGIS
HIC RESIDET: HAROLD REX: ANGLORUM:
STIGANT ARCHIEPS
ISTI MIRANT STELLA
Couronnement d'Harold, qui reçoit l'épée et le sceptre.
Harold receives the orb and sceptre at his coronation.
Krönung Harolds, dem Degen und Szepter überreicht werden.
Les Astrologues signalent l'apparition d'une comète, présage de malheur pour Harold.
Astrologers announce the appearance of a comet, an evil omen for Harold.
Die Astrologen melden das Erscheinen eines Kometen, der für Harold Unheil voraussagt.
TAPISSERIE DE BAYEUX
1
2
EDWARD REX:
UBI HAROLD DUX: ANGLORUM: ET SUI MILITES: EQUITANT AD B
Harold starts for the coast, preceded by his pack of hounds.
Unter Vorauslauf seiner Meute begibt sich Harold zur Küste.
LIS: VENTO: PLENIS VENIT: INTERRA: VUIDONIS COMITIS
HAROLD HIC: APPREH
The English are landing.
Die Engländer landen.

《貝葉掛氈》(局部)

毛邊書

到香港來逛書展的海外朋友可真不少呀，有一位大編輯送我一本新出版的詩集，是楊澤的《新詩十九首：時間筆記本》。多麼奇怪，同一段時日，竟也連收兩冊玩具書。書本當然用來讀的，不是用來做玩具的物體。可有些書，可以讀，可以聽，可以把玩，那就列入玩具的範疇。藏書家往往就是玩書家。兒童書有不少屬於玩具書，如今很多書會發聲、會發光，動物會在書本上移動，會冒出蝴蝶、煙花、山水樓台。這類書，我很喜歡，也買了不少。如果說我喜歡童書，倒不如說我喜歡玩具。

並不是兒童書才有玩具書，文學、藝術等等的成年人的書籍，玩耍的成分也不缺。據說文化是玩出來的，最偉大的文學藝術家都有遊戲的天賦，作品都有遊戲的成分。當然，他們都玩得很認真。毛邊書就有這種趣味。毛邊書起源於歐洲，傳統的毛邊書在裝訂後，書頁的天庭和右側毛茸茸的，並不切邊，後來連地腳也不切了，變成三面毛邊。有的毛邊書，一頁頁紙老早分開了，除了紙邊毛茸茸顯得有趣，已沒有甚麼可玩，只有相連的書頁，才可變成遊樂園。頁頁相連，如何讀？就得動用裁信刀，逐一裁開。這是説你和書必須互動。歐洲過去的讀書人，書桌上總有一兩把裁信刀，既裁書也裁信。現在的人已不作興寫信，還哪有裁信刀。家裏只有菜刀。

寫作的人常有奇思，希望出版一本本異想的書，不但內容獨特，外貌也出眾。我手邊恰好有一冊謝曉虹的《月事》，也是筆記，卻是關於一座城市的筆記。看來只寫空間，其實也包含時間。因為月事就是每個月發生的奇異的事。這本不是正統的毛邊書，但仍歸入毛邊書的隊伍，因為整本書都由手工訂訂糊糊，一頁闊一頁窄，書紙的顏色不同，間雜成卡紙一疊，而色彩倒相當協和，綠豆色或炭色上印黑色，真是以自然體與機械體開戰。一本線裝的書頁，偶有突頁，糊上一幅插圖，忽然又出現一條白色包紮傷口的彈筋布，一路走來真要手眼並用，有點不容易，就是怕你走馬看花，而且走累了，書中有幾把椅子，可以稍息。

一般的手藝書展示作者的手藝，把書變得花枝招展，或者樸素清明，讀者只需讀就是。有插圖的書應該是手藝書的前輩，早期是畫了再糊上，後來就印在書上，就看印刷是否漂亮，再然後演變得五花八門，成為立體的3D玩具。你看表演罷了。毛邊書才真正和讀者產生一種深切的關係，要亮出刀子，誇張一點說，讀者竟要參加一次又一次暴烈的撕皮裂膚，卻又貌若靜寧、從容、細緻，經過切膚之痛後，書不再是原先的書了。據說這是出於對對方的愛。

毛邊書的意思本來是指書本的邊緣並沒有切得整整齊齊，成一直線，而是裝訂之後留下原有的毛邊作為翻揭口。現代的機製紙都經過切割的工序，一幅紙的平邊多，毛邊少。毛邊書看似原始，反而需要特別選紙裁剪、裝訂、印刷，花許多工夫，恍若製造藝術品，歐洲人就喜歡這種造作的原始。過去我在英美訂購的拉丁美洲文學，收到的往往就是硬皮的毛邊書，這樣的書自然比普通版的貴。許多毛邊書還有編號本。楊澤這冊詩集相信就是限量紀念版的珍藏，一打開迎面還是一張典藏紀念票。奇怪，書的頁邊是兩兩相連的，一首詩，半隱半藏，「隱」是書頁相連的字都在相連的位置內，雖有縫隙，不能攤開。書也不是真正的毛邊，毛邊是用手工製成，把書對摺，摺痕處用縫衣的方法縫出一道軌跡，於是，書頁打不開，得用裁信刀割開。此書的結構特別，可列後現代裝訂本範例，整個作品如摺紙遊戲，書頁需上下摺，又或左右摺，成為一座迷宮。當然是玩具。如果走不出迷宮，就讀不到隱藏的詩。

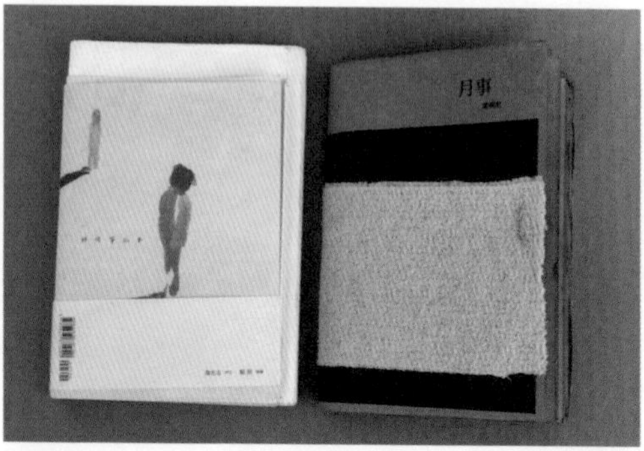

毛邊書及內頁

布偶男

許多年前，在商場一間名叫「小甲蟲」的童玩店中買過一件玩具，非常喜歡，因此，至今還記得出品廠的名字，是法國的 Moulin Roty。後來，再也見不到這個名字出現，以為已經結業。最近卻在內地的書店中重逢，的確是恍如隔世。為甚麼那麼懷念一家玩具廠？當然是因為他們的出品是優質的，除了品質操控、題材的設計、物料的選擇，還有那份對兒童的關心和照顧，用心良苦。

那時候我買的是一盒名叫「奧斯卡先生」的玩具，大概是為十多歲小女孩設計的布偶，當然，男孩子也可以縫，因為布偶不是公主或仙女，而是一位先生。別以為男孩就一定只喜歡汽車和飛機，許多男孩也會玩家家酒，我弟弟就會打毛線圍巾，織得比我更多花樣，說是跟他的女朋友學的。

奧斯卡先生在盒子裏時只是一個人形，由毛布製成，像個薑餅人，有頭有手有腳，頭上卻有兩隻耳朵，一隻紅，一隻綠，絲絨質料。那麼，兒童買了回家該做些甚麼呢？原來是替奧斯卡先生做衣服，而且，這時布偶的臉還是一片空白，要替它縫上眼睛和嘴巴。盒子裏除了一個人形的模樣之外，當然要包含所有其他的材料了。

最重要的是布，共有一幅大的綠色絨布，用來給布偶縫褲子。要縫的是吊帶短褲，所以提供兩條漂亮的絲絨緞帶，釘在褲頭上時該用兩顆好看的鈕扣點綴一下，所以，用了圓形的雙孔洞木鈕扣，鈕扣上還刻了Moulin Roty的廠名。褲子正面比較顯眼，背後的鈕扣就免了，只縫上就行。當然，在背後，緞帶要做成交叉形，穿起帶子來就不會從肩膊滑下來。褲子上還可以縫一個小口袋，就更漂亮了。

縫眼睛和嘴巴共有三塊小的布，一淺綠一淺藍一粉紫，帶條紋，隨意剪成圓形縫在臉上就行，用明線縫在布上，啊對了，粗的帶顏色的粉紅線和淺藍線都已經在紙板上提供了，看來很少，其實足夠了，也夠釘鈕扣用。當然，當然，必需的用品一應俱全，不必動用家中的針線，不必麻煩媽媽另外去配。那邊有一塊白色的布，上面別着兩枚針，一長一短，小的自然是縫隱藏的針步密的線，粗的那枚就是縫布

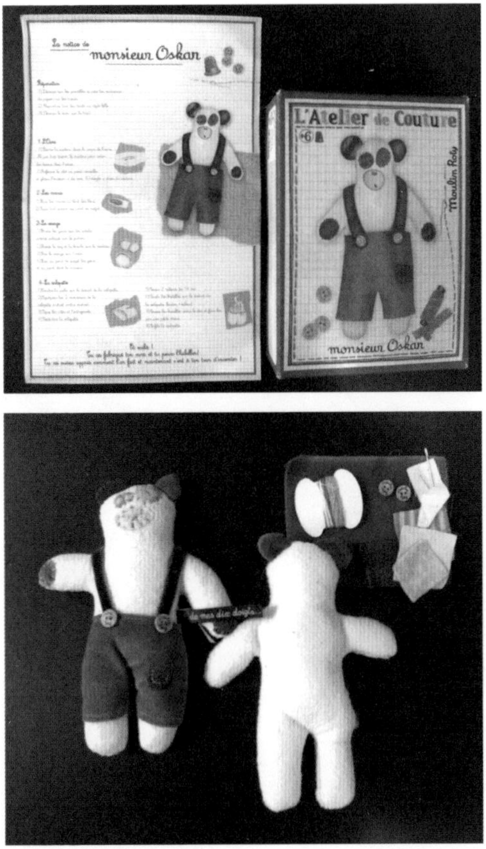
La notice de
monsieur Oskan
L'Atelier de Couture
+6
Moulin Roty
monsieur Oskan

「奧斯卡先生」玩具

面上的明線，就是眼睛和嘴巴上的那些。

還有一件物體不可少，就是紙樣。依着虛線剪下來，放在布上，依樣剪裁，就可以縫了。盒子上不是有奧斯卡先生的模樣嗎？照着做，當然也可以隨自己的意思改變。如果你已經六歲的話，一定能獨自完成。盒子裏不是還有一張縫紉圖麼？很清楚的，小心針剪，祝縫紉愉快。

數十年過去了，我還收藏着這一盒玩具奧斯卡先生，原來是一隻布熊，所以頭上有兩隻耳朵，也所以，剩下的布可以替他縫兩隻熊掌。這盒玩具，其實是我的縫熊老師。

正在寫布偶，忽然收到一個包裹，原來是《明周》一位記者朋友送我兩個布娃娃，可不巧，恰恰是我最喜歡的法國 Moulin Roty 的出品，真是快樂得暈得一陣。果然是名廠設計，與眾不同。一輛雙層巴，共七位乘客，兩位到了我家。象有長鼻子，還有象牙，貓頭鷹有大圓眼，還有眉毛；軀體為半邊圓錐形，所以能坐，全身花呢絨，穿布絨裙，多幅紙樣拼縫，非常有立體感。難得的好作品，謝謝朋友。

Moulin Roty 出品的象和貓頭鷹布偶

皮影

怎麼沒有去過城隍廟，何況，我在浦東出生，在虹口長大。在我的記憶中，城隍廟就是有菩薩那些神仙甚麼的東西居住的地方，有一道可以捉迷藏的九曲橋，好吃的東西應有盡有，例如：藕片紅豆粥、蟹粉小籠包、枇杷果軟糕等等。早幾年去，卻專誠去看江南的園林。在蘇州時，先後和朋友連闖十多座園林，從蘇州賓館前坐上三輪車，就沿着七里塘直趨虎丘，然後再踩回來。蘇州園林幾日來幾乎都拜訪過了，連不開放的也千方百計悄悄跑進去，雖然，好幾次被趕了出來。蘇繡織造名廠，就在一座名園旁邊。園不開放，廠卻熱烈歡迎嘉賓，一輛大車載滿遊客進去，獲得熱情接待。人馬雜沓之際，我們也跟隨隊尾，何妨參觀一陣，見一大門，輕輕一推，就是名園的小橋流水。

城隍廟的那座園林其實不錯，佈局、層次、空間、家居、小院、迴廊，相當緊湊，由於在這鬧市的中心，整日人來人往，真是大隱隱於市，而且是鬧市。從園林出來，走到橫街窄巷，只見許多小攤檔，賣筷子、檀香扇子、糖果糕餅。其中一人肩上掛一布袋，手上拿着彩色事物，我一見就走了過去，他賣的是皮影公仔。當然，我還希望他有其他的款式，但他只有人物，沒有動物，也沒有亭台樓閣花鳥樹木。也夠好的了，人物也有男有女，有老有少。童年的記憶，除了吃的，就是玩的；想到園林，往往會想到皮影戲。

皮影人物的基本材料是動物的皮，豬、牛、羊的皮都可以，鯉魚皮極漂亮，層層的鱗片，卻不適合。做一個皮影公仔，所用材料不多，而且不像皮鞋、大衣、手提包、衣箱，需要大幅完整的皮料，人物根本是由碎片拼接砌合，每塊組件都不會大於一張紙幣。中國皮影戲的人物造型大多根據舞台的戲劇人物，穿古裝，花旦、小生、武將等等。

我選的幾個男女，各有各漂亮。公仔都經彩繪，包括紅、綠、黑，動物的皮不易上色，所以顏料要混和大量的醋酸，又叫冰醋酸，去除皮上的蠟質。之前當然還要加入石灰，除去皮上的脂肪，再經過剪裁與鏤刻，工序不少。然後通體漏空，透過燈光，除了繽紛七彩，還可見到切割洞孔的高超技藝，有波點、條紋、花朵、雲形、波浪形等穿洞方法。把玩這些皮影偶，想到工匠的細緻用心，不勝敬佩。

青衣的衣裙素淨，走起路來，卻也蓮步款擺。當然女元帥的服飾與別不同。她們都身着戎裝，腰掛寶劍，頭上插了翎毛。公仔都通體靈動，所以全身有不少連接的關節：頭與軀體主要的關節在頸部，上下軀體的則在腰部。兩肩和手臂是次關節，可有兩處相連，在上下手臂曲折處，在手腕和手掌處。下肢則是腿和下軀相連。頭上則髮與花翎相連。女元帥共有十處關節，每處用繩索連起打結，可以三百六十度移動。幕後扯線的藝人，技術好的話，彎身、揮手、跪下、踢足，全無難度，公仔像從年畫中走下來似的。女子頭上簪花，梳髮髻，背插四枝靠旗。胸前穿護心鏡，甲冑全身。腰圍彩帶，穿褶裙，再穿束腳褲，外罩護腿，足登短靴。男子基本打扮相同，只不過戴了官帽。

我在土耳其也看過皮影戲，那裏最著名的皮影人物是 Karagöz 和 Hacivat。不過據説皮影戲始自中國，漢武帝就喜歡看，元朝時蒙古軍到各地打仗，還帶着皮影戲班，應該可以減少殺戮。皮影傳到土耳其等地去，再輾轉產生了電影。

土耳其的皮影人物 Karagöz 和 Hacivat

皮影玩偶

在成都方所書店的童書部見到了法國 Moulin Roty 出產的玩具，真是驚喜。都說德國是玩具王國，當然，德國的紐倫堡、羅騰堡、不來梅、萊比錫等都是著名的玩具城，可其他的國家並不遜色，如果說洋娃娃，法國的洋娃娃是最美麗的，而提線木偶，又以捷克的最精彩。法國玩具，如今在香港的店鋪如「聰明仔」中仍有，也是極漂亮的，而且是系列的作品，但是，那是另一家廠的出品，M.R. 的名字已經不再見到了。

記得尖沙咀的海旁有麗晶酒店和一組大商場，地庫就有好幾家玩具店，既售兒童家具、用品，也賣玩具，其中一家名「小甲蟲」，我常常去逛，M.R. 的玩具就在那裏買到。如今那塊地上正在拆卸重建，建得七七八八了，不知道又出現些甚麼店鋪。

這次見到的新玩具是皮影玩偶，同一題材，卻分為兩組，同樣以皮影為主角，一類是純玩偶，另一類附一個布幕，圍出一個舞台。皮影和我們熟悉的皮影戲並不一樣，因為這些給小朋友玩的影子角色並不是由真正的牛皮、羊皮製成，材料都是硬紙板，而且一律黑色，沒有彩繪，漏光的面積也不多。所以，它們應該只是影子戲，出場的是黑影人物。

不過布幕的一組影子，共有十一個角色，主題是馬戲班，其中有一名馴獸師、一頭獅子、一個獸籠。另有大象、馬、海獅；猩猩舉重、表演；題材古老，屬於懷舊的興趣，或者將來會有所改良。至於馬戲中的小丑、女子馬術表演、走鋼線、音樂表演則可以接受。這一套玩具的玩法可以在任何室內表演，只需有光潔平坦的牆和燈光就行。好處是可以容納一群觀眾，由一個人在燈前舉起影子玩偶，影像就會投射到牆上，加上生動的旁述必定事半功倍。

另一組影子戲多了一塊布幕，同樣需要白牆和燈光。布幕可以掛在白牆前面，燈光當然來自幕後，影子人物貼近布幕的邊緣，也即是舞台的前沿。這一組的劇目不再是馬戲團，而是森林故事。表演者躲在布幕下，舉出影子表演。這套戲提供的角色較少，只有四個，除了一名出場的敘述員外，另有三件比較大型的剪紙黑影，計為：一座森林、一座高山，山頂上有一座城堡、一間豪華的飯廳。這麼少的佈景，又沒有其他人物，看來只提供了某一故事的開頭，必須由敘述者接着講下去。

敘述者當然可以講下去，但影子佈景和人物呢？那就得由小朋友參與，發揮創意了。這套影子劇場的目的，也許就是要鼓勵小朋友自己設計故事和圖畫，並且訓練他們說話的技巧，讓他們發聲。而製作影子景物和人物都不難，用黑色的粉畫紙畫好心目中的圖像，剪下來，在紙背後貼牢一支雪條棍就可以上演了。

皮影玩偶與舞台

西西欣賞皮影玩偶演出

紋樣

逛博物館，除了可以參觀許多珍貴文物外，還可以買到一些紀念品。例如一頭陶瓷製品河馬。已經不記得是哪一座館了，看似好些館都有同樣的展品。這匹河馬模樣普普通通，但顏色美麗，是一種濃郁的土耳其藍。也是我很喜歡的那一種顏色，所以一看就喜歡了。如果只有顏色，那也沒甚麼吸引力，特別的是作品身上的紋樣，這可不簡單了。

人類自古就習慣在作品上繪畫紋飾，石洞裏、建築上、用具上、衣物上，甚至軀體上、臉上，畫上各種紋樣。例如半坡的陶碗、先秦的青銅器，上面的紋飾，令人驚歎。一頭平平無奇的河馬，有甚麼能力足以入住博物館的豪宅呢？就因為它身上的紋樣。是紋樣告訴我們這件作品的歷史，它的籍貫和年代。原來它是一頭生長在古埃及的河馬，生活在尼羅河，它身上有尼羅河植物的紋樣。

河馬據説脾氣很不好，其實是因為眼睛欠佳，告訴其他異類：我不是好惹的。牠在尼羅河畔打滾，四周長滿了埃及的水藻和獨特的蓮花，和我們如今看到埃及建築的立柱，形狀多麼相似；而柱頂的設計不是圓形、垂輪形或苕莨葉形，而是蓮花形。那些蓮花，其花瓣都像兔子耳朵般長長的向上伸展，由底下一圈花萼圍束起來。這個圖形，一看就明白是埃及獨有的。而這圖樣，恰恰給畫在河馬的額前和尾巴上，而河馬胖壯的軀體上則畫了水藻和氣泡，河馬嘴旁也有心形的葉片。

最初，我買到的是一頭大的河馬，後來又在另一博物館買到一頭小河馬，一模一樣，彷彿母子，身上的蓮花紋樣，小的更清晰，由三角形圍起來，完全是一朵花了。很可惜，如今在尼羅河裏再找不到河馬了。

陶瓷藝術家都喜歡在作品上繪畫，也許覺得素淨的碗碟瓶罐太單調了吧，連陶瓷動物也要增色一番。河馬之外，又例如貓，同樣有各種彩繪，令人愛不釋手。價錢便宜，我也買過一些，像一頭黑色的貓，悠閒地俯伏，身上繪滿了花葉。這件作品和河馬不同，沒有採用任何古典的紋樣，直接畫上了荷花和荷葉，真是美麗。但

塗上土耳其藍的陶瓷河馬

美則美了，這些水中的植物畫在貓的身上，終不如生活在水中的河馬，用上蓮花紋樣和水藻紋樣那麼適切。其實紋樣極多，中國的經典紋樣就多不勝數，只要看看任何瓷器花瓶或碗碟，都可以碰上卷草，既有牡丹卷草、水藻卷草，又有山水、螺旋等等。

那麼一隻貓呢，生活在陸地上，應該配甚麼圖案？如果是在花園中嬉戲，可以撲雀鳥、撲蝴蝶，身上該畫些雀鳥和蝴蝶吧。不過，黑貓的作者畫了荷花，只是因為喜愛荷花，還是想表示，這是東方的貓，是中國的瓷器？

另外一隻小貓，就花散滿身了。啊，我的八寶雜物箱中還有貓杯子，頭上可以入水，尾巴是吸管，那是捷克製的喝礦泉水用的杯子，身上沒有畫花，畫了些石頭，也算是隱喻吧。一頭西方的貓，眼睛、鼻子，連鬍鬚都是金色的，可治病的泉水是黃金？

繪上蓮花紋樣的陶瓷小貓

西方的貓與東方的貓

漢服

內地有些年輕人提倡穿中國特色的服飾，其志可嘉，可看了圖片，怎麼竟有的一身鬆鬆垮垮的布帛，毫無氣派，活生生是個癲和尚，只差一把破葵扇。至於所謂漢服，真是不知從何說起。

漢服，大概可以從廣義和狹義兩個角度來看。如依狹義而言，則漢服當指漢代的服飾。我國上古服裝，自殷商至周、秦，男女分別不大，都是上襦下裳。襦是短衣，裳是長裙。無論性別，一律穿裙。你看孔夫子，就是一襲上下相連的袍裙。近年西漢海昏侯墓出土，讓我們看到西漢人繪畫的孔子屏風，過去孔子的畫像，以東漢的最早，只可惜屏風上孔子的臉面不存，但仍可看到他穿的袍裙。費穆一九四〇年拍攝的《孔夫子》，服裝很考究，夫子和門生就穿這種袍裙。袍裙到了清代又由皇帝承繼，是為吉服；整件袍服上下相連，相連之處為一行密褶，非常美麗。女子則上襦下裳分開，並不相連，上千年不變。

春秋戰國時，流行直裾單衣，這種衣服為一襲交領、右衽、直裾式衣衫，上下相連，中間沒有密褶，而且是窄袖，非常簡約，只在領口、袖邊、腳緣鑲上不同的布邊。

漢代除了直裾單衣外，流行一種曲裾深衣的形式。這種上下相連的深衣，是因為正面為右衽之外，這右邊的衽幅要特別縫上一幅三角形的布，成為「續衽」；那幅多餘的布必須繞至身體背後，繫到腰帶上束好。所以會出現這麼奇怪的包裹着腿腳的圍合，是有特別原因的。原因是，在漢代，人們還沒有褲子，至少還不流行；穿褲子的，是胡人。想想看，直裾的長衣，雖長，但下襬兩側是打開的。前後布幅沒有縫在一起。走起路來，自然會搖動衫腳，空隙處因此打開，但直裾內並無褲管遮掩，露出了光禿禿的雙腿，就不雅觀了。褲子的問題的確困擾了整個漢代，還蔓延到初唐。

那麼，褲子的問題如何解決呢？可得感激趙武靈王了，趙國初期連鄰近的中山

漢服布偶（西西造）

小國也打不過。他痛定思痛，發揮山西有良馬的優點，改軍隊以騎射為主。作戰要騎馬，就不能穿長袍或深衣，只適合穿短衣和長褲。褲子是由趙武靈王傳入中原的。漢人以往看不起蠻夷戎狄，只以「胡人」稱之，哪知胡人帶給我們多可貴的褲子啊。於是，唐代那些公子哥兒春遊時，可以穿了長褲騎五花馬出發了。

秦漢時流行的曲裾深衣到了漢代，就演化為真正的繞襟深衣了。由於衣衫的領袖腳邊，加上布緣的不同滾邊，遠遠看去，整個人體很像綑紮起來的粽子，滿身都是條紋。漢服偏窄，穿起來別有韻緻，而且還是意想不到的 unisex，司馬相如和卓文君，一人一襲，走上街頭，別說不出眾。當然，當爐賣酒時司馬先生只穿犢鼻褌自當別論。褌，即短褲子；犢鼻褌，卻成為了日本相撲手的制服。

漢服的確好看，不過，穿起來有兩大難處：其一，漢代沒有座椅，君臣、父子、朋友相聚，一律席地而坐，坐姿非常嚴格。可不是禪師式雙腿盤曲，臀部落地即可，而是要行跽坐之禮，也即是：雙膝緊合貼地，臀部擱於腳後跟處，腰板平直方合。電影《赤壁》中金城武演諸葛孔明，只有他的坐姿是正確的。穿漢服必須講究原版禮儀，這一點不是每個漢子辦得到。其次，穿上那麼繁瑣的一襲漢服，遇上人有三急，如廁肯定不方便。所以，漢服欲選為國服，還得仔細研究。

或說，除了繞襟深衣，漢服尚有「襜褕」一款，也是男女均可穿着。但那種衣衫雖不繞身，呈直裾狀，右側襟幅仍容易飄開，會露出衫內兩隻褲管套在膝部，十分怪相，所以不宜作為正式禮服。我曾縫過毛熊司馬遷角色，穿的正是襜褕，衫形為直裾，但用不同紋色的闊花布拼在前襟位置。又試縫過兩個漢服布娃，一併作為參考。

我國服飾有五千年歷史，以前有沈從文專著，為資料所限，近年則有周汎、高春明等專家的精到研究，甚麼衣裳該選為國人的吉服，還是慢慢商討為上。穿衣可以是遊戲，隨個人所好，但倘說是國服，可不是玩的。否則，馬馬虎虎，穿出來像個叫花子，或者如同天涯歌女，則國體攸關。

司馬遷毛熊（西西造）

貓公仔

記憶中有不少漫畫人物，印象最深刻的當然是花生，不過，花生漫畫中沒有貓。有一陣子有貓做主體的漫畫，叫 *What's Michael?*。米高貓最愛跳舞，會睡在人的肚皮上，很有趣。可惜作者小林誠只出版過八本貓書，就謠傳他死了。朋友告訴我，他其實改畫機械人，像變形金剛那樣的科幻漫畫。迪士尼的電影貓卻大多是反角，加菲貓、黑貓菲力士如今好像隱世了，Hello Kitty 沒嘴又沒表情，是商家捧出來傳播公主病的玩具 BB。幸好香港也有本土的貓漫畫。我沒眼力讀多字的漫畫，最喜歡看的是「喵喵咪咪麼」。三幅一個故事的連環圖不長也不短，現代貓就有現代的生活和打扮，所以，現代貓不必捕捉老鼠，揹一個書包，戴頂漁夫帽或廚師帽，一手握手機，一手撐傘，愛吃走油菠蘿包、薯片和雪糕，他的名字叫漢堡包，朋友眾多：小肥、奶油、老火湯、咖哩飯，都性格鮮明，這些其實都不是健康的食物，幸好還有小糖、小油，將來必定出現小鹽，相信有趣角色陸續而來。

喜歡漢堡包漫畫的另一原因是，內文全是廣東話，讀來分外親切，像讀到「話時話」、「算把啦」、「齋滷味」，就覺得這樣的畫本，是為懂得廣東話的人而寫，外鄉人呢，有耐心的話，也可以拿來學廣東話，看廣東話的語境生活。同樣的原因，我們喜歡粵劇、粵語歌、粵語片。別人的感覺怎樣我不知道，只記得從外省到香港定居，去看電影，明星不認得，武打片沒見過，但印象之深，久久不忘。因為這是我第一次看粵語片，人人講廣東話，才知道世界上有如此特別的城市、特別的語言。人生活在語言裏，回到這樣的語境，才有一種真正回到家鄉的感覺。怎能不歡喜如狂。任何語言，都會有粗話，粵語的好處並不在它的粗話，而是，它好像很俚俗，其實很古典、很文雅。如今看書，甚麼散文、小說，都像另一種語言似的，一種書面上的文字。

一直希望有漢堡包公仔出現，終於等到了。買了幾本貓書、幾個咖啡杯和毛公仔。我買到的毛公仔竟是店中最後一個。我沒有看過《猿人都市》和《普普阿三》，希望碰到。在店裏見到公仔時覺得不錯，回家再看，才發現豈止不錯，竟是極好，很專業的水準，絕不是隨意縫個玩具就算。毛公仔用短毛布料製造，整體的駁口都用縫鈕機代勞，眼睛、鼻子鬍鬚和手腳的分指線都是人手縫工。公仔是否圓渾活潑，全靠準確、精細的裁剪，也就是設計紙樣的工夫。老實說，一般的工廠出品，大概會採用製薑餅人的模式，也就是裁兩片人形的模樣，看上去如同烏龜，有頭、尾、身體、四肢，而且都連接一起，再容易也沒有了，兩片布疊在一起，彎彎曲曲地縫合底面，漏一個洞孔，反轉了塞進棉絮即完成。可那公仔是扁平的，只有二維，立體的作品講究三維和弧度，因此要把紙樣分裂為小片，工夫不少。於是，頭頂是四幅、臉是前後兩幅、身體四幅、手兩幅、尾四幅。腳的做法較複雜，要縫腳掌，還要加玻璃珠反抗地心吸力。真是精妥的作品，圓圓胖胖，頭和軀體的連接點，背後是項頸，前面是下巴。這罕見的設計我還是第一次見識，得益匪淺。如今，公仔能夠斜斜地站立。如果把尾巴縫得低一點而碰觸地面，那麼，由於有三個支撐點，它就能站得非常穩定和漂亮啦。

What's Michael? 漫畫

韓國家具

有一年到韓國看毛熊展，在首爾閒逛時發現一所店鋪有DIY的家具包，喜出望外。理由是韓國古典家具頗富特色，櫥面鑲上金飾片。家具可以用木自製，飾片卻無法獲得，尤其是蝴蝶和雙喜飾片。這DIY材料包令微型屋迷驚喜，因為包內配件一應俱全，除了二十多件裁好的木塊外，還有全套的金飾片，加上小瓷瓶、銅碗等等。櫃有高矮，作用不同，高櫃放被褥之類，矮櫃則放比較貴重的物品。室內也放花瓶瓷器，但不多插花。包內還有一瓶白膠漿，一瓶塗料，分紅黑二色，任憑選擇。黑色太暗，我選了紅色。

容易做嗎？包內附有彩色説明，圖文並茂，做法清楚列明，跟着做，半天應該可以完成。看來容易，可也考考心思。此外，格列弗來到小人國，幫手鑲嵌家具，如果沒有耐性、專注，粗手粗腳，就變成破壞。是的，建造微型屋、微型家具，至少可以培養人的耐性、專注。心急氣躁、粗枝大葉的人，是做不來的；也未必能夠欣賞。這其實有點像寫小說，尤其是寫長篇小說。

DIY 家具的做法，通常有兩個步驟：黏和髹。但先後次序，要考慮一下。先黏合，再髹色，膠漿所佔的位置並不歡迎顏料。那麼先上色吧，有顏色的木料又會抗拒黏膠。幸好我做過不少微型家具，這方面駕輕就熟。

原來首爾國立中央博物館附近還有一所家具博物館，展出各種傳統家具，據說用的材料是柿、松、竹等等，還有，竟然是珍貴的銀杏。

一個星期下來，我就擺出一套漂亮而華麗的家具，可以跟我其他的家具例如麥金托什（Mackintosh）替換了。韓國古典家具沒有床和椅子，早期的韓人席地跽坐，鋪褥，睡在地上，一如日本人，那是漢族遺風；再看到他們在節日裏，大人小孩穿上傳統服裝高高興興地上街，自然，而且當然，令我又不禁想起孔老師的話：「禮失而求諸野。」

西西黏合和髹色的韓國家具

西西黏合韓國家具，貓妹妹也想幫手。

聖母和聖子

聖母和聖子的圖畫、雕塑，像喬多、米開蘭基羅、拉斐爾、列奧納多．達文西，很幸運，在我較年輕力壯的年代，我都親眼見識過真跡了。我不是信徒，我們看人類這些優秀的作品，也不是宗教的眼光。西方的古典藝術，包括建築，絕大多數與宗教有關。傑出的作品，超越所有界線。所以，如果用一套意識型態的角度去看藝術，對不起，你只是委屈你自己，你錯過了世上許許多多美妙的東西。看藝術，我們嘗試從不同的角度去理解它，而不是要它屈從我們死守的一套意識型態。

英國國家美術館收藏了列奧納多的炭筆素描聖母子與聖安妮、施洗者聖約翰，（*The Virgin and Child with St Anne and St John the Baptist*），瑪利亞坐在母親安妮的膝上，她手抱的耶穌，要和另一個小孩約翰玩耍。我覺得這素描和諧、溫馨，充滿人間氣息，比稍後再畫的油畫聖母子與聖安妮更好，約翰改為山羊。我當然也喜歡拉斐爾的聖母，那公認是藝術史上最美麗的聖母。

至於近代的，我最喜歡的是高更畫的聖母和聖子。特別之處是圖畫中的母子竟然都是黑人，如果不是畫上有題名，誰會知道那是和宗教有關。這是畫家到了大溪地生活的作品。真是非常好看。表面上，畫裏不過是幾個大溪地黑人，女子和小孩，再看，穿紅色花布長裙的女人和她肩上坐着的孩子，頭上都有光暈。在他們面前，另有兩名女子雙手合什，躬身朝拜。她們之後，掩映在花樹之後的白花叢中，原來站着一名黃翼天使。畫面肅穆，呈現太平洋中部波利尼西亞的風貌，淡紫色的小路，翡翠色的泥土、明黃的香蕉，到處是深綠色的圓形樹木，色彩繽紛，令人想到伊甸園。把聖母子畫成黑人，有何不可？這才是大溪地人懂得的語言，也是高更現實的生活；而且，這是突破。

今年六月，我的精神不錯，曾去北京參觀四座天主教堂。四座天主教堂，都是西洋傳教士來華傳教時建造的，那時候正是明末清初。其中位於王府井的天主教堂，按當時的叫法，名天主教東堂，因為後來又有南堂、西堂和北堂。來華的傳教士除了意大利籍，還有法籍等。就像任何一座教堂。到了晚上，教堂亮起泛光，一片金碧輝煌，我想聖誕節應該更好看。

教堂門內左側有一櫥櫃，售賣各式宗教物品，我看了一陣，卻見到一件很特別的物件，不過是一張稍厚的紙，上面有彩色的圖畫，原來是幅3D的聖像，圖中的是聖母瑪利亞和耶穌。這聖像，是我從來沒有見過的，因為這是一幅中國人設計的畫像，在這之前，我見過另一幅據說是偽冒唐寅的作品，畫了聖母抱着聖嬰，兩人穿的都是中國服飾，小孩子穿儒服，母親的打扮好像觀世音菩薩，頭上還有紅色的光環。

東堂的聖像又有甚麼不同？也是在衣飾上，母子的衣服不但是中國的服裝，而且是非常非常的中國，因為二人都穿上了龍袍。這樣的打扮是甚麼人構想的呢？在甚麼年代繪成的呢？是清朝吧，圖畫可以是數百年前，可是紙張、印刷，卻是立體的幻光片，屬於現代的科技。

聖母穿上龍袍沒有問題，小孩子卻只有正式登基當上皇帝才可以穿着朝服，那是八歲登位的康熙？中國史上對西洋科技最有興趣的皇帝？不過，這幅畫像的確很好看，人物在虛空中浮現着，聖母掛的一盤朝珠粒粒清楚，畫中的絲穗在空中懸垂，很具真實感。

身穿儒服的聖嬰與觀世音菩薩打扮的聖母

身穿龍袍的聖母與聖子

博爾赫斯書店

近年來，常常去的一所書店，名叫博爾赫斯書店。店址不在香港，在廣州。為甚麼要跑到老遠的地方去買書，又得乘搭火車，又得過海關，還得住宿在另一個城市一兩個晚上？原因簡單不過，因為那是一家好書店，一家只賣好書的店。

其實，離港出外買書，已經不是新鮮的事。早幾年，就常常上深圳的書城去，也是要乘火車，中午剛好到福田，在當地吃過午餐，就直接進書城，逛個把鐘頭，把買的書交給書店寄回家，自己輕輕鬆鬆乘傍晚的火車回港。再早若干年，內地剛開放的日子，就常常坐火車到廣州，買書買雜誌。那真是人和書和雜誌的黃金歲月。

深圳有不少書店，但我沒有留宿以便多逛幾家店，因為我在福田的一家逛逛也足夠了，那店除了翻譯的文學作品，我去的目的主要是找最新出版的科幻書。福田書城過去多的是科幻作品，每次去，都能滿載而歸。

上深圳買書的好處是把它當作一次短程的遠足，花大半天來回，不至於太疲倦。如果上廣州買書，一日來回當然可以，卻太緊湊了，而且，在廣州，可逛的書店起碼還有好幾家。我總是住宿兩個晚上，那就可以每天逛兩個或三個書店，書本即使買多了，也不外是交快遞寄回。除了博爾赫斯書店，我還有喜歡的 1200 和西西弗等，都是民辦的書店。而且，每次上廣州，我也當是一次短短的旅行，一旦感到疲乏，可以立刻回酒店休息。

最喜歡博爾赫斯書店，因為它就是名副其實的書店，只賣書。事實上，這樣的書店如今好像在廣州也絕跡了。如今的書店，都講究「生活美學」，店面愈來愈漂亮，物品愈來愈新奇，除了書本，有布袋，有盆栽，有咖啡，有檸檬水，有玩具，有文具等等，跑進去，還真像雜貨店；而且這邊有青菜蘿蔔，有糕餅蛋卷，有罐頭沙甸魚，有甚麼暢銷流行榜，那邊有名家研討會場，麥克風嘩嘩響，熱鬧非凡，樓梯兩邊還逐級坐着看書的年輕人哩。

我喜歡安靜的書店，聲浪令人心神不寧，如何選書呢。博爾赫斯是一家很小的書店，小成甚麼樣子？大概兩間普通店面的寬度吧，每間店鋪也只是三扇板門的樣子。整間書店像片葉面相連的宮粉羊蹄甲葉子，中間是相連的，可特別的是只連了一半，另外一半卻打通了，成為寬闊的空間，於是前面就遼闊起來，後半則分為兩半，由一幅半牆站在中間。本來，店內有牆的地方都做成書架，但店主是位畫人，他就讓分隔牆的一邊漏空了，只掛一幅大大的畫，有時換一幅小小的，很有趣味。牆的另一邊，也只掛着些畫，其他的牆才是書架和書。大多數的書本背朝外，也有一個書架上的書都以封面示眾，它們是書店自己翻譯和出版的法國新小說作品，由午夜文叢授權。作者都是我們熟悉的：貝克特、阿蘭、羅伯·格里耶、克洛德、西蒙、讓·菲利普、圖森等，法國小說特多。拉美反而佔少數。

數十年前到廣州逛書店，那時候在北京路一帶徘徊。奇怪，如今我還是來到北京路。找到古籍書店就行了，古籍還是很古老的樣子，它斜對面有一條短巷，二、三十步就走完了，迎面是和北京路平行的昌興街，朝前一看，已經見到博爾赫斯書店地鋪，早上十點多，已開門營業。店內只有一名店務員，有時是一中年漢子，有時是一年輕姑娘，坐在單人沙發上看書。店內沒有別的人，很靜，書都整整齊齊，採用作者姓氏字母分類法，排列上架。店內的書每一本顯然都經過篩選才陳列出來，這才令讀者尊敬。店內有一書架空了二三欄，只放一個相架，框內就是博爾赫斯。

這是我喜歡的書店，小小的店。它像我記憶中一座二樓上的清真寺，在伊斯坦堡，建在民居中間，被庶民包圍着，非常幽靜，氣氛溫暖，偶然進入，有一位長者引領漫步，一路參觀，陪你細細看，悄悄傾談。上一次，我剛看到幾米的畫，就請朋友列印下來，送給這家書店。哦，幾米，我知道，看店的姑娘說。畫上面寫：「我只是來大聲地告訴你，感謝你們，開了這家書店。」

西西在博爾赫斯書店

廿世紀一雙偉大的手

終於，這雙手靜止下來，沉穆而且純潔地，像一個偉大的音樂會的尾聲，它帶來的是無數傾聽者心靈的迴響、不泯的記憶和崇敬。於是，精緻的棺木盛載了它；親切而又無聲的，左手輕輕的伏着，而右手，關切而柔和地蓋在左手的手背上；旁觀的以靈魂哭泣着的群眾不斷地呼喚着：「托斯卡尼尼，托斯卡尼尼……」

和拿破崙一樣，托斯卡尼尼是一個身材矮小、僅有五英尺高的人，可是比起拿破崙，他是偉大得多了，他只用一條小小的指揮棒就征服了整個世界。

一個鋼琴家的偉大是他能操縱一具鋼琴，一個小提琴家的偉大是他能操縱一具小提琴，但是托斯卡尼尼呢？每一次演奏的時候，在他面前的是無數的小提琴、大提琴、中提琴、鋼琴、簫笛、喇叭、節奏樂器等等，對於不論弦管、銅管、木管或節奏樂器，他都得每一種類分析它們的音色，每一單位清楚它們的調子，他一個人操縱這麼多的樂器，靜止的時候靜止，發音的時候發音，並且要配合起來。試想想，一個鋼琴有多少琴鍵，一個小提琴的四條弦能發出多少不同的音，何況這麼龐大的一個交響樂團？托斯卡尼尼是非凡的，他能夠不看樂譜，用記憶力來指揮一切，他可以連續指揮四十三場音樂會，完全用記憶指揮出來，並且，他的指揮的才能不是照着作曲家的樂譜來指揮，而是照着作曲家的腦子來指揮，表現出每一樂段、每一樂器適當的情感。

托斯卡尼尼在指揮上最能闡釋貝多芬、勃拉姆斯、莫札特、華格納和史特勞斯，處理他本國意大利的音樂更是舉世無雙。他有他的特色，他指揮音律的速度往往比其他的指揮者為快，並且拍子的快慢緩促也常常和別人不同，甚至使人相信貝多芬原來的符號是錯誤的。不過，托斯卡尼尼絕對注重細節，他有極其靈敏的耳朵，能夠在複雜的樂譜中找出些微的錯誤。

對於當代的音樂，他是不很欣賞的，他也不對法國作曲家的作品感到興趣，對於二十世紀的作品，他並不注重。

到了八十八歲，他灌完了貝多芬第九交響樂的唱片後，開始結束指揮的工作。在業餘的時候，托斯卡尼尼往往是以閱讀居多，他喜愛哥德、但丁和雪萊的作品，認為一個從事音樂的工作者，如果沒有文學的修養，那就很容易流為一個「樂匠」。

一九五七年，他平靜地在睡眠中離開人世，剛好是八十九歲，這雙偉大的手沉寂不動了。

COLLECTION
Beethoven
SYMPHONY No. 9
ARTURO TOSCANINI
COLLECTION
Beethoven
SYMPHONIES Nos. 4 & 6 "PASTORALE"
ARTURO TOSCANINI
COLLECTION
Beethoven
SYMPHONIES Nos. 2 & 7
ARTURO TOSCANINI
COLLECTION
Beethoven
SYMPHONIES Nos. 5 & 8
ARTURO TOSCANINI

托斯卡尼尼的唱片

可惜，葆拉

到德國，不妨從漢堡花些時間到不來梅（Bremen），去看一位早夭的畫家，沒有太多人知道，她叫葆拉．莫德索恩—貝克爾（Paula Modersohn-Becker, 1876-1907）。她是一位德國畫家，她繪畫的日子很短，在世時只售出比梵高稍多的畫，而從沒有開畫展的機會。今存大概仍有七百多幅油彩、蛋彩的畫，一千幅的素描。納粹時期又被以為是頹廢下流之作，毀棄了不少。儘管是這樣，不來梅卻為她建立一個專有的博物館。

二〇〇七年十一月葆拉逝世一百周年時，當地政府以她的故居改造成葆拉．莫德索恩—貝克爾博物館，世上藝術家的專館有許多，但女性畫家的極少，這可能是僅有，或者是最早的一個。

葆拉早年學習繪畫，先在柏林，然後在不來梅東北的沃爾普斯韋德

（Worpswede），那是一個藝術家聚居的地方，這小鎮至今仍然充滿藝術氣息，但它最出色的畫家葆拉，卻曾被以為是沃爾普斯韋德畫派的叛徒。因為她對沃爾普斯韋德的畫風不滿意，自己另成一家。

葆拉早年的婚姻生活並非完全愉快的，Modersohn 即是丈夫的姓氏，她的丈夫（Otto Modersohn）是續娶，前妻留有一女，他其實也是沃爾普斯韋德的畫家，如今在沃爾普斯韋德以外，已很少人知道他的名字了。她一直渴望全情投入，可以自由地繪畫，相信自己會有所成就。可是在十九世紀末，沒有人認同她，除了里爾克。連丈夫也不以為葆拉真有天分，甚至批評她的作品粗鄙、殊欠女性味。她於是收拾行李，離家跑到巴黎去學畫，她比出走的娜拉有更遠大的目標。在巴黎，她依賴丈夫小量的匯款，窮困地生活。當年，許多人認為葆拉離經叛道，拋棄丈夫女兒，不好好做一個持家的主婦。這是當年中外女性的悲劇，女性開始有身份的醒覺，認為自己有話要說，用寫作，或者用繪畫。巴黎的經歷，令她大開眼界，她看到塞尚、瑪蒂斯等人的畫，大受衝擊，開始跟沃爾普斯韋德那種保守、自然主義的畫風愈走愈遠，終於走出自己的風格。如今看她短短的繪畫生涯，留下許多的作品，可見她的勤奮努力；沒有這努力，出走巴黎，她的繪畫不會成為不朽。她還寫了許多書信，留下不少文字的紀錄。可惜，她的經濟一直陷於困境，不得不回到丈夫身邊。

她曾向里爾克寫信，透露自己在家庭與藝術的兩難之中掙扎；她曾向丈夫表示分手，可是一旦分手，立即再沒有像乞討那樣的資助了。最後兩人重聚，總算修好。可惜她三十一歲時生下女兒，不足三個星期，就死於妊娠併發症。死前只說了一句「可惜」。是對自己、對時代的感歎麼？她的墓就在沃爾普斯韋德，由名家 Bernhard Hoetger 設計，有一個葆拉半臥的塑像，寫實，裸露上身，女兒坐在身上。但女兒應該是不足二十天的嬰孩。

她的才能是身後才被「發現」的，公認她是二十世紀初期表現主義的代表人物。但甚麼是表現主義呢，據說那是跟理性的、科學化的印象派不同，走一條不同的路。但拿葆拉的作品跟其他表現主義畫家比較，一點都不失色，她可不知道甚麼的表現主義，她的出色，也並不因為她是第一位畫裸體自畫像的女畫家，她反傳

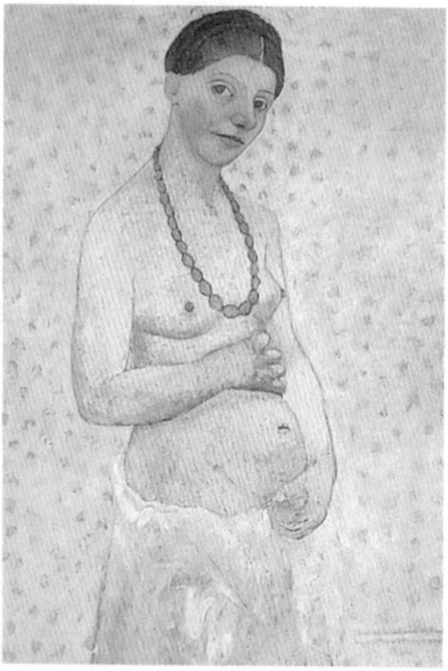
葆拉自畫像

葆拉畫里爾克

統，題材大多是女性，對女性自我意識表現得坦率、勇敢，而是，也只能是，畫作本身，她的作品，我看其實也跟大多的表現主義畫家不同，純淨，清晰，人物往往有一雙傳神的大眼睛，就來自畫家自己，充滿情味，正面看人，毫不忸怩，也不見酸苦的抑鬱。

我認識這位畫家，是無意中看到里爾克的畫像，怎麼出自一位女性畫家的呢，這是里爾克唯一的畫像，里爾克為她寫過首很不錯的輓詩。

葆拉墓，由 Bernhard Hoetger 設計。

當我六十四歲

那首歌曾經這麼唱：

此後許多年
我漸漸老去
你還頤養我麼？
你還需要我麼？
到我六十四歲

我最初聆聽那首歌時，才二十四歲，有一份安定的工作，家境漸漸從貧困的境地掙扎出來，我每個月拿的一點薪金可以隨意買書看、買唱片聽，不用憂柴憂米。

每逢周末，可以和朋友阿嬴一起去逛商場。那時候，海運大廈二樓的深處開着一家有趣的店，名叫美而廉，裏面擺滿各種各樣的叫得出名字和叫不出名字的工藝品，藤織的籃，陶製的瓶罐，玻璃杯子，繩索的吊床，屏風，椅子，蓆子等等，足夠我們逛整個下午。單是這家佔地廣闊的雜貨鋪子，和另一家書店就夠我們消磨一個下午，我們在書店裏看到巴布·狄倫的影集，哎呀，阿嬴大叫，他人真瘦，肌肉都被風吹走了？

我們總是逛完商場就到咖啡店坐一會，我們可從來不上巴西咖啡廳，它位於海運入口的二樓大堂，坐滿了竹林七賢模樣的藝術家，抽着煙，眼光冷酷，低頭看甚麼或寫甚麼。我們到別的咖啡店去，不看別人，也不要別人看，我們吃香蕉船，冰淇淋真易入口。我如今仍然喜歡吃，可我的一位朋友常說，那對血糖不好。

我有一些朋友，都愛看電影。當年一個星期總有二三次在電影影室碰面，而且乘搭同一班渡輪過海。那時期的電影真好看，法國新浪潮有高達、杜魯福，伊力·盧馬，瑞典有英瑪·褒曼，波蘭的波蘭斯基，還有令我們刮目相看的日本黑澤明、小林正樹、小津安二郎，印度也有薩耶哲雷。好些電影的影像，到了六十四歲，仍然出現在腦海，大概就永遠不會忘記。

我們偶然也去遠足，就那麼七八個朋友，其中不乏氣質清麗、才貌敏銳的女子。阿慶是我最欣賞的，她剛從美國萊麗亞音樂學院畢業回來，彈得一手好鋼琴。我上過她家一次，登上登登響的木樓梯，房子漂亮而古雅，我說我在學琴，她讓我彈，我心慌意亂，都彈錯了。她只是笑笑，我不能要求她教我，我的恆心、毅力和天分都不是學音樂的料子。我一坐下覆琴就頭腦一片空白。我不知道我犯了甚麼毛病，就像我讀法文，上課時，課文都熟，到考試就緊張得無法控制，其實試卷的題目都會答，就是厭惡考試的制度。而這樣，我在法協讀了五年法文都是從頭讀起；我的鋼琴課也在覆琴恐懼症下，漸漸淡出。

那次遠足，那麼愉快的途中，我問阿慶，十年之後不知道我們會怎樣了？她輕描淡寫地說，能怎麼樣，還不是結了婚生了孩子。我暗地裏吃驚，難道這些才智聰慧的女子不是努力走向藝術的路途，成為藝術家？許多許多年之後，我再和阿慶相遇，她帶着美麗的女兒，丈夫呢，分手了，她獨自扶養女兒，靠教琴過日子；我暗自傷神，我當年那麼崇拜的蒙娜麗莎，雖然風度氣質依然，但風霜都寫在臉上，彷佛《紅樓夢》中的清脱女子，誤墮了紅塵。像她這樣的一個女子，怎麼有人會忍心捨棄。你還需要我麼？那首歌，依然這麼唱，我再也沒有和阿慶相遇，大概她也平添白髮，六十四歲了。

當我六十四歲，我的好幾位長輩，都已經不在人世，這裏面有我的祖父母、父母、姑母及姨父母等。上個星期，我最後的一位長輩也離世了，她是我的二姑母，我父親的大妹妹，她活到了九十二歲的高齡。暑期裏我十四歲的姨甥隨着音樂老師到加拿大去參加音樂營，還去看過她，是我們家族中見她的最後一人。當時她還挺精神，屋子裏掛滿了圖畫。甚麼山水風景啦貓狗白兔動物畫啦，大大小小，到處都有，全是砌圖。這些年來，二姑母除了上上教堂，足不出戶，唯一的消遣只是砌圖，桌子上永遠攤開一幅未完成的圖形，這裏缺一個碎片，那裏漏一個窟窿，等待她去填補。我想她也不在乎完成，一旦填滿，不久又是另一幅的開始。活到這個年齡，也不用介懷有甚麼缺失了。二姑母擅長打毛線衣，還送過給我們姐妹，用的還是鑲金線的毛線，適合做晚裝。她十年前做的白內障手術效果不理想，視力衰退許多，從此不再編織毛線。如果還繼續這項手藝，那她大可像荷馬史詩《奧德修紀》中的女主角，把一件織品不斷地編織下去，晚上拆散，白天一針一針再開始。

到了六十四歲，似乎難以再做過去一直做的職業了，大多只是退休在家，過所謂的休閒生活，可甚麼才是愉快而不沉悶寂寞的生活？別的人上班的上班、上學的上學，許多人忙着買菜煮飯、洗衣、做家務。許多工作都不需要也不適合長者去做，整天十個小時，難道只能對着電視？

我六十四歲了，我的確擁有每一天每一小時每一分鐘可以運用的時間，這真是多麼豐盛的財富，但是怎樣運用呢，做甚麼好呢。長者常常是獨自一個人像我一個人，呵老啦，沒有人需要我們了，我的姨甥去探望姑婆的時候，她對他的舅舅說，啊，也不過是在等日子吧了。

日子不知甚麼時候到來，而我仍然活着，每天吃飯、睡覺、散散步，還有，還有甚麼呢？我和大妹同住，住在一套五百平方呎的單位裏，一客廳，二睡房，一廚一浴。之前的房子，我是靠退休金分期付款買的，供完了，把房子換了如今的房子，能有自己的房間，生活總算安定下來。

我見過不少長者，坐在天橋底下的椅子打盹，我不想像他們那樣。我見過一些長者托着鳥籠在公園中散步，把鳥籠掛在樹枝上，我也不羨慕。我養過的小鳥凍死了，養過的金魚染病不治。我不希望再碰這些小生命，養大了，有感情，失去難免傷心。經過寵物店，我只是進去探訪，小白兔，多麼趣致，毛茸茸，有的長毛有的短毛；倉鼠，擠在一起取暖，好動的就在爬滾輪；還有扇子尾巴鴿子、白絲鸚鵡，甚至變色龍等動物，不過喜歡是一件事，飼養又是另一件事。我真真喜歡的是貓，可我住的那幢大廈，明文張貼不准養寵物，狗禁養，可能會吠叫，但貓也不能養？其實，鄰居照樣養貓，有一天，那貓跑到窗外冷氣機上，不上不下，主人用盆又是用桶，都沒法救下貓來，我隔窗看了半天，不敢再看，怕貓失足墮下十一樓去。後來好像終於把牠救了，我才安下了心。幸好我的朋友有養，我幾乎每天去看牠，牠和我成為了好友，就當是我養的好了。不，朋友說，我才是牠的寵物。

年輕的時候喜歡的事物，現在可以從頭再來嗎？例如彈鋼琴？但我的右手患病不能自由活動，連寫字也不容易，彈琴完全不可能了。那麼繼續學習語文吧，例如法文，可我的記憶力也衰退了，一篇課文讀了兩個星期還沒有進展，多看三數頁，眼睛又倦了。真要好好地想想怎樣過六十四歲以後的日子。

二〇〇二年十月

畫藝對談

西：西西
何：何福仁

一、從抽象回歸具象

西：一九三六年一位畫家來到西班牙的阿爾罕布拉宮，這次是他第二次到來，多年前來過，沒有得到甚麼。這一次他花了幾天時間，用心描摹那些摩爾人的圖案，回家後還仔細研究，因此獲得大量的靈感，作畫、設計都有了很大的突破。他是誰？就是埃舍爾（M.C. Escher, 1898-1972）。

何：有一年到荷蘭旅行，在跳蚤市場逛了一陣，發現旁邊一個博物館，不就是Escher的故居麼？

西：是的。Escher從摩爾人借來抽象的圖案，然後加以轉化，摩爾人由於信仰關係，並不容許繪畫具象的東西，他們的馬賽克藝術只有花卉、線條，心力都花在這些抽象的設計上，所以搞得多姿多采，綿密、對稱。Escher呢，也從抽象出發，然後變出具象的人物、動物、上梯下梯的樓宇、城市。他的版畫用的是循環式平面分割法，例如《日與夜》中，一群黑鳥向左邊白色的天空飛去，但同時另一群白鳥向右邊黑色的天空飛去，畫面填滿，這是最簡單的循環轉化。繪畫漸漸成為精密的數學計算。

二、空間

何：循環轉化是一種，Escher的另一種技巧則是循環變形，白鳥黑鳥飛着飛着，地面上的田野圖案向上漸漸變成循環轉化的白鳥黑鳥，在循環重複裏，有變形，這畫其實也反映他繪畫的歷程，從抽象變出具象。又如《天使與魔鬼》，就畫出善惡的辯證。

埃舍爾《日與夜》

埃舍爾《三個世界》

西：他對空間的處理，也很獨到，他畫了許多迷宮似的建築，不同的角度，上梯下梯，看來沒有路了，在另一邊又轉出路來；還有許多魔鏡似的鏡子，或者是通過魔鏡似的角度看出的世界。例如在《另一天地》裏，四邊畫面分割成不同的空間視覺，正中的人頭怪鳥，從整體看，是在最下方的地面，可是對不同的方向而言，卻可能是平行、上方、下方……這在科幻的電影裏會經常出現。

何：這是奇妙的視覺經驗，Escher 故居就有許多錯覺的遊戲，當然，更重要的是他那些精緻、小巧的版畫原作。極有創意，但技術的意趣，是否大於藝術的意蘊呢？

三、時間

何：談談時間和繪畫的關係。

西：隨便談談吧。意大利人巴拉（Giacomo Balla, 1871-1958）畫了一幅《戴

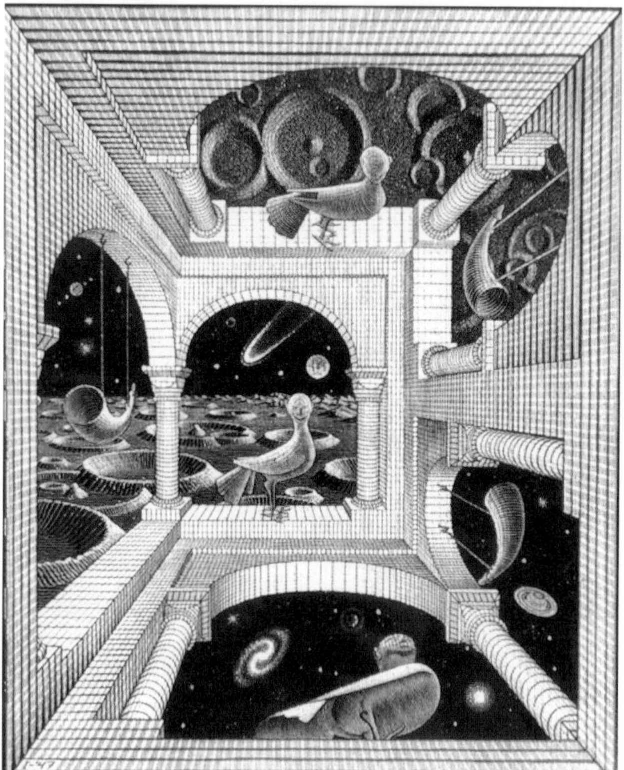

埃舍爾《另一天地》

鏈索的小狗》，畫中有一人、一狗、一條牽狗索。但畫面裏的人腳、狗足和繩索似乎有許多，給你正在走動的感覺。不要忘記，這是一九一二年。畫家是模仿攝影機的功能，把遛狗的景象連續拍攝下來，成為動畫式的多幅獨立照片。膠卷可以多格並置，而且可以疊印在單獨的畫面上。巴拉所做的，就是把連串動作畫在一起，表現了時間的速度。有趣，易懂，這是未來畫派的經典。在美術史上，這是里程碑，因為表現了審視時間的新方法，在同一的空間，呈現了不同的時間。

何：中國早在一千年前的宋朝，郭熙就為散點透視提出「三遠法」。

西：但過往西方的繪畫，大都呈現獨一的絕對時間，畫面凝定，時間停頓了。這反而像攝影。但巴拉作品的時間，是流動的，我們看到過去、現在和未來。

巴拉《戴鏈索的小狗》

四、管形

西：立體畫派的構圖是方形、圓形等；題材是酒、桌子、水瓶、水果、吉他等。萊熱（F. Léger, 1881-1955）是不同的，他畫的是機械、工人；他的圓形其實是管道，是筒形。所以，別人是 Cubist，他是 Tubist。要講二十、三十年代的時代精神，萊熱無疑最能夠代表。

何：是藝術家和新興的機械時代的蜜月期。

西：這幅《三女子》已經擺脱了細碎的分析立體小格子，線條清晰，圓形、方菱形，破格之外，三女子連同黑貓的肢體都是筒形。他用色鮮明，正紅、正黃、正綠，率直坦白，和其他立體畫家的暈染風有別。他畫的人臉，富古典美，五官端麗，令人愉悦，瀑布般的長髮有如起波紋的鋼片，呈現金屬的光澤，這是他的獨門絕技。

萊熱《三女子》

五、虛實

西：格里斯（Juan Gris, 1887-1927）這幅《音樂家的桌子》，桌上有小提琴、酒瓶、水杯、高腳杯、樂譜和報紙。桌子淺藍色，跟背景同一種色調，但桌面則是黑色。桌子的木質，畫家用木紋紙拼貼在畫上，拼貼（collage）是立體派的慣技，因為貼上去的物體常常是三維的，不可能更立體的了。空白的樂譜有待音樂家的創作。報紙只見三個法文斗大的字母，應是晨報 *Le Matin*，也是剪貼；酒瓶、杯子則是畫的。有真和擬真的比對。值得注意的是，小提琴的共鳴箱是用報紙拼貼的，而琴的另一半則用線條勾勒，似真似幻，形如透明體，射線不是看見人體的骨骼麼？虛虛實實，顯示畫家的創意。

何：他另一幅《帶籃女子》，也很精美，那女子的造型很古典，左邊手臂是略帶誇張的實體，左邊則用線勾勒，以黑色襯底，一實一虛。中間的花籃則轉化成幾何圖形。

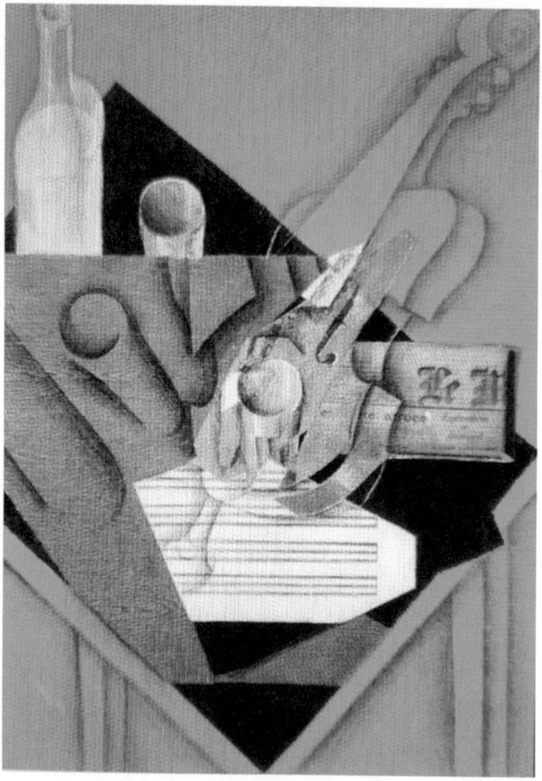

格里斯《音樂家的桌子》

六、間隙

西：把兩個杯子並排放，杯子是實物，兩杯之間出現了間隙。布立克（Georges Braque, 1882-1963）看到了畢加索的《阿維農少女》畫面中人與人之間的間隙，這間隙是一種空間。你知道，畫家要處理的，主要就是空間的問題。他費盡心思，要把這空間處理好。他畫的《埃斯塔克之屋》不但把房屋、樹木、山嶺簡化為幾何圖形，連實物的空隙空間也填滿了。空間不再虛空。這麼一來，實物與空隙相連了，產生了過渡不同物象的拼溶（passage）。整幅畫都是細碎的幾何圖形。畢加索和布立克創立了立體畫派，既打破了壟斷西方畫壇的焦點透視，而實物與間隙都化約為幾何圖形，顏色都以灰褐為主調。繪畫漸漸抽象起來。

何：這些抽象畫家都有紮實的具象功夫。

西：布立克是一個不斷探索、給我們驚喜的畫家。老實說，立體主義初期的作品大多並不好「看」。一堆小格子，一片模糊景物，彷彿站在岸邊看吃人魚吞噬食物。幸好後來，抽象的，去抽象吧，布立克和畢加索仍有具象的一面，而前者，愈畫愈好。晚年時，他一共畫了七幅《桌球》，其中一幅的球桌，用的是傾斜的視角，的確是奇異的。桌子斜了，看來並無不妥。他仍用自己偏好的赭石色、棕栗色、胡桃色和煙草色，襯托了桌球的綠和白，加上一、二筆紅。畫面仍多幾何圖形：方、圓，用白色圓圈分解物體，用牆角隔斷兩邊，過渡得很平穩。

七、視點

西：文藝復興以降，畫面都以一個固定的視點來看待。到了塞尚，開始有了改變，因為人看物可以從高低左右前後各方面看，而且並置於同一畫面內。這幅《果籃》最明顯的是帶提挽的酒瓶。瓶口露出內部，分明得從高角度俯覽才可見到。至於果籃，只見籃口的邊緣和籃側的織紋，卻是低角度仰望所見。籃的提樑有如拱橋，更加是向上望才見，好像《清明上河圖》顯

畢加索《阿維農少女》

布立克《埃斯塔克之屋》

塞尚《果籃》

示的虹橋，記得我們在上海輪候了四、五個小時看這幅畫麼？

何：怎能忘記？進了會場，又要輪候，捨不得走，又等了兩、三個小時。

西：大梨子、蘋果是平視，茶壺、糖壺的視角又稍高。視點的不同，放在一起，在西方是塞尚的先見。這畫還有一個特別的地方，塞尚不愛直線，凡桌子都用桌布遮去許多桌面，而布下的桌子邊緣，竟是折斷的，彷彿筷子插入水杯的模樣。

何：他畫的聖維多克山，因為是對景寫生，每天看山都不同，於是不斷修改，於是山好像會移動。

八、當下

西：未來畫派的先行者是莫奈，處理的也是時間的問題。印象派跟文藝復興大師的分別是，他們走到戶外寫生。他會選擇同一的景物，例如：教堂、乾禾草堆、白楊樹，在同一地點、角度，不停地畫。可時間不同，正午、黃昏，畫出來的景物，色彩光暗就不一樣。景物不變，可時間有別，每一幅都獨一無二。如果把這些畫在一起展出，像《魯昂教堂》那樣，我們看到的，豈不是一道時間的河流？

何：他們要表達物象一瞬間的印象，而這一瞬間隨光線的轉變而變化。

西：文藝復興時期那些古典的畫，表現的何嘗不是瞬間的印象，但那是絕對的：時間受牢牢的限定，沒有過去和未來。莫奈的現在，不是絕對的現在，那是瞬即流逝的當下。油畫不可能一揮即就，看他畫的那橋、橋下的流水，他繪畫的時候，跟我們到來看到的時候，宏觀地說，並沒有太大改變，但微觀地看，卻千變萬化。他每天畫，畫過許多次，時間就在畫上流過。

九、聲音

何：保爾·克利（Paul Klee）這幅畫呢？

莫奈《蓮池》

西：巴拉用一隻疊印的狗表現時間的流動，狗是具象物，容易辨認；克利用抽象的圖形來表現時間的過去、未來和現在，難度較高，因為他這幅《紅色賦格曲》，畫的是音樂。原來抽象的音樂也可以入畫。那些花葉形、水瓶形、圓形、三角形、方形，代表小提琴、大提琴、豎琴或大鍵琴吧。樂音從時間0傳來，然後是時間1、時間2、時間N，到達，遠去，忽強忽弱，所以圖形膨脹、縮小，色彩熾熱，或者蒼白。樂器有許多種，起始和休止不一，一首多聲部的樂曲，真好聽，不，好看。

何：梵高在十九世紀後期說過繪畫應向音樂而非雕塑靠攏，但他的畫，卻接近雕塑；保爾．克利做到了。可達利這幅《音樂》，我們聽到聲音嗎？

十、遊戲

西：在布魯塞爾看到老布勒哲爾的 *Landscape with The Fall of Icarus*，很高興。這年輕人身插父親做的雙翼，樂極忘形，忘了父親的告誡，不可飛近

保爾・克利《紅色賦格曲》

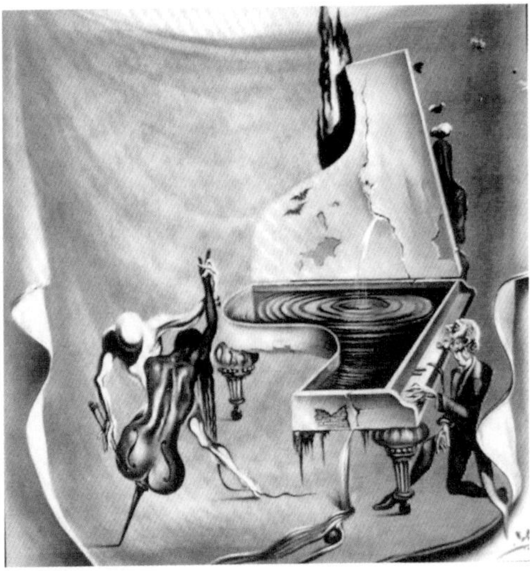

達利《音樂》

太陽。

何：羽翼是用蠟黏合的，融化了。他墜落海中。

西：老布勒哲爾的畫農夫在耕作，漁人在打魚，如常生活，對 Icarus 視若無睹，他在海中只露出雙腳。這畫可以有許多不同的解釋。記得奧登、威廉斯也為伊卡洛斯的悲劇寫過詩。

何：是的。那麼不妨說這畫呈現了神話與現實的落差，可以解作這是不同時空的重疊。老布勒哲爾真是非常了不起的畫家。他畫了許多民間風俗，把民間生活提升成為藝術。

西：他的畫令人想起另一個 Bosch，畫了許多樣子奇奇怪怪的人和動物，那是《星球大戰》的主角走入外星的酒館遇見的東西，像這幅基督背負十字架，四周擠滿了奇怪醜惡的人物，他當然別有寓意。我覺得，布勒哲爾也畫箴言、警語，當他畫生活，有一種 playful 的意趣。

何：小時候我自己也糊過風箏，我們幾個嘍囉的秘密架步就在舊樓的天台，那些弦線都用玻璃粉漿過。

西：放上天空，跟其他小朋友較勁，不是很危險嗎？

何：很危險，一不小心可以把手心割破，在天台上放也可能墜樓。但五、六十年代，香港的艱難歲月，父母都無暇管教我們，那時有句話：天生天養。孩童要遊戲麼，就自己想辦法。

西：沒有電視、遊戲機的歲月。

何：但那時有一大群街童做玩伴，拍公仔紙，打波子，看公仔書，一時興一樣。樓下的街童，全部認識，有時是不打不相識。女孩子玩的有點不同，你們玩的又是甚麼？

西：我小時候在上海，同樣艱難，但孩童總是自得其樂。玩甚麼呢？玩抓豆袋、跳繩，還有是自己剪公仔模型，再用紙設計不同的衣服；這方面，相隔半個世紀，我如今玩的是同樣的遊戲，不過做的是毛熊，再設計衣服。

何：我在六十年代看李淩翰、許冠文等人的漫畫，那時香港許多報章都有漫畫版，而且有彩色的，還有漫畫日報。許冠文可不是演戲的一位。他畫的《財叔》系列，很暢銷，還拍成電影。我記得他畫了許多群戲，有點像布勒哲爾。我第一次拿到稿費，就是投稿報刊的漫畫。

布勒哲爾《伊卡洛斯墜海》

許冠文《財叔》書影

後記

何福仁

《可惜，葆拉》是《畫自己的畫》一書的續編，不同的是，前書是從《中國學生周報》的「藝叢」開始，這書則是從《大拇指周報》寫起，對象不同，寫法有別。《中國學生周報》針對的是年輕人，讀者也不乏成年的作家，其「穗華」版、「詩之頁」、電影版，就群賢多至、少長雲集，甚且吸引港外名家。一九六〇年代，是《中國學生周報》最鼎盛的時期，銷量達兩萬多份，無疑影響力最大。曾任《周報》編輯、資深影評人羅卡先生認為《周報》「從中學生、大學生，到成年人都看」。我還記得每逢周五，放學後就跑到旺角的友聯，購買剛印好運到的《周報》。直到六〇年代末，社會遷變，加上年輕人的雜誌增多，《中國學生周報》才逐漸式微。《大拇指周報》在七十年代起步（一九七五年創刊，西西寫完《我城》，和朋友合辦），則是面對更年輕的學子，所以，西西鼓勵他們欣賞工藝，教他們做風箏、做豆袋、剪紙，其中教小朋友用漆塗生鏽的窗框，有這麼一句：「開漆罐時要小心，不要傷了拇指。」

不過這類文字，只佔本書很少的篇幅，隨着她離開《大拇指》，另辦《素葉》（一九七八年成立），形式和內容都轉變了。這令人想到她筆下的成長小說，例如《我城》、《候鳥》、《欽天監》等等，從主人翁年稚寫起，代入年稚的腔調，以及想法，嘗試進入學童的世界——別忘了西西曾是小學教師，耐心，細心，不以下問為恥。然後，孩子是會長大的，於是寫法和想法，逐漸成熟起來。那童稚的眼光，並非一成不變。西西的寫作，即使短篇，一直賦予物事開放、流動、轉變，拒絕封閉；創作的人都會知道，寫人的轉變，不出諸「頓悟」，而是硬接，真是談何容易，需有能大能小、旁魄的筆力。西西舉重若輕的筆力，實來自上世紀六〇年代，對電影、對文學藝術的深研，再然後來自人情的練達，看世相的通透。

一本書是可以這樣讀的，它始於淺易，看似淺易，但徐徐變化，仍是淺出的寫法，但深入，這無關乎漸入佳境甚麼的，而是針對不同的對象，誠如《文心雕龍》所云：「隨物以宛轉」、「與心而徘徊」；韓愈說得更清楚：「文章言語，與事相侔。」

相伴，即同等、相稱。

西西的遺作，需經過多方搜集，她是為而不恃，甚少剪存，這兩年內，竟爾出版了六七本之多。但她的作品其實未編完，尚需努力。感謝中華書局，黎耀強先生曾對我說，西西是寶藏；至於張佩兒小姐則合作編校，盡心盡責。

可惜，葆拉

西西 著

何福仁 編

責任編輯 張佩兒
裝幀設計 簡雋盈
排　　版 陳美連
印　　務 周展棚

出版 中華書局（香港）有限公司
香港北角英皇道四九九號北角工業大廈一樓 B
電話：（852）2137 2338
傳真：（852）2713 8202
電子郵件：info@chunghwabook.com.hk
網址：http://www.chunghwabook.com.hk

發行 香港聯合書刊物流有限公司
香港新界荃灣德士古道二二〇－二四八號
荃灣工業中心十六樓
電話：（852）2150 2100
傳真：（852）2407 3062
電子郵件：info@suplogistics.com.hk

印刷 美雅印刷製本有限公司
香港觀塘榮業街六號海濱工業大廈四樓 A 室

版次 二〇二四年七月初版

規格 三十二開（190mm × 130mm）

ISBN 978-988-8862-31-3